Diogenes Taschenbuch 24091

de
te
be

Bram Stoker

Draculas Gast

Sechs Gruselgeschichten
Aus dem Englischen
von Erich Fivian
und H. Haas

Diogenes

Die vorliegenden Erzählungen
wurden dem bei Jarrolds Publishers, London,
erschienenen Band ›Dracula's Guest‹ entnommen
Die deutsche Erstausgabe erschien 1968
im Diogenes Verlag
Umschlagfoto:

Veröffentlicht als Diogenes Taschenbuch, 2011

www.diogenes.ch
30/11/36/1
ISBN 978 3 257 24091 7

Inhalt

Draculas Gast

Als wir uns auf die Spazierfahrt begaben, strahlte die Sonne über München, und in der Luft lag die Fülle frühsommerlicher Heiterkeit. Gerade als wir abfahren wollten, kam Herr Delbrück (der Maître d'Hôtel der ›Vier Jahreszeiten‹, wo ich eingemietet war) die Treppe herunter und lief ohne Hut auf unsere Kutsche zu. Nachdem er mir eine angenehme Fahrt gewünscht hatte, wandte er sich an den Kutscher, während er seine Hand auf die Wagentür stützte:

»Denken Sie daran, dass Sie bei Einbruch der Nacht zurück sein sollen! Der Himmel schaut zwar freundlich drein, aber die Brise ist kühl, und das bedeutet, dass es einen plötzlichen Sturm geben könnte. Doch ich bin sicher, dass Sie zur rechten Zeit zurück sein werden …« Dann lächelte er und fügte hinzu: »… denn Sie wissen ja, was für eine Nacht heute kommt.«

Johann antwortete mit einem nachdrücklichen »Ja, mein Herr!«, und dann tippte er mit einem Finger an seinen Hut und fuhr rasch davon. Als wir die Stadt hinter uns hatten, gab ich ihm ein Zeichen zum Anhalten und fragte:

»Sagen Sie mir, Johann, was ist heute Nacht los?«

Er bekreuzigte sich und antwortete lakonisch:

»Walpurgisnacht.«

Dann holte er seine Uhr aus der Tasche, ein großes, altmodisches deutsches Silberding, und besah sie sich mit zusammengezogenen Augenbrauen. Hierauf zuckte er etwas ungeduldig die Achseln. Ich war mir klar darüber, dass dies seine Art war, gegen den unnötigen Aufenthalt zu protestieren. Also sank ich auf meinen Sitz in der Droschke zurück und gab ihm das Zeichen weiterzufahren. Er fuhr nun sehr rasch, als wollte er die verlorene Zeit einholen. Dann und wann warfen die Pferde den Kopf zurück und schnüffelten misstrauisch in den Wind. Bei solchen Gelegenheiten pflegte ich erschrocken nach allen Seiten zu sehen. Die Straße war recht öde, denn wir überquerten eben ein von den Winden ausgefegtes Hochplateau. Wie wir so dahinfuhren, entdeckte ich einen wenig benutzten Fahrweg, der durch ein schmales, gewundenes Tälchen zu führen schien. Er sah so einladend aus, dass ich – auf die Gefahr hin, Johann zu beleidigen – ihn wieder anzuhalten bat. Er gehorchte, und ich ersuchte ihn, doch dieses Sträßchen hinunterzufahren. Er hatte sogleich tausend Ausreden, wobei er sich ständig bekreuzigte. Das erregte nun wirklich meine Aufmerksamkeit, und ich stellte ihm verschiedene Fragen. Er gab ausweichende Antworten und schaute wiederholt anklagend auf seine Uhr. Schließlich sagte ich energisch:

»So, Johann. Ich will diese Straße hinunter. Ich will Sie nicht bitten mitzukommen, es sei denn, Sie tun es aus freiem Willen. Aber Sie müssen mir sagen, warum Sie nicht mitkommen wollen, das ist alles, was ich von Ihnen verlange.«

Als Antwort schien er sich vom Bock herunterzuwerfen, so rasch war er auf dem Boden. Dann streckte er bittend die Hände zu mir auf und flehte mich an, von meinem Vorhaben abzusehen. Er warf gerade genügend englische Brocken in sein Deutsch, dass ich ungefähr zu erfassen vermochte, was er sagte. Jedenfalls versuchte er mir etwas mitzuteilen, dessen bloße Vorstellung ihn sichtlich erschreckte. Und jedes Mal nahm er sich dann wieder zusammen, bekreuzigte sich und wiederholte: »Walpurgisnacht!«

Ich versuchte ihn umzustimmen, aber es ist eine schwierige Sache, einen Mann umstimmen zu wollen, wenn man nicht seine Sprache spricht. Er war sichtlich im Vorteil, denn obgleich er seine Sätze auf Englisch begann, beendete er sie alle in seiner Muttersprache – und sein Englisch war obendrein primitiv und gebrochen –, und dabei schaute er unablässig auf seine Uhr. Die Pferde wurden auch schon unruhig und schnaubten. Als Johann dies bemerkte, wurde er käsebleich; er schaute sich furchtsam um, sprang plötzlich auf sie zu, nahm sie beim Zügel und führte sie etwa zwanzig Schritte weiter. Ich ging nach und wollte von Johann wissen, warum er das getan habe. Anstatt zu antworten, bekreuzigte er sich wieder, wies mit dem Finger auf die Stelle, die wir eben verlassen hatten, und zog sein Gespann auf die andere Straße zu. Dabei machte er ein Zeichen wie ein Kreuz und sagte endlich, erst auf Deutsch, dann auf Englisch:

»Dort begraben – Selbstmörder.«

Ich erinnerte mich an den alten Brauch, dass Selbstmörder an Kreuzwegen verscharrt wurden:

»Ah, ich verstehe, ein Selbstmörder. Wie interessant!« Dabei verstand ich um alles in der Welt nicht, weshalb die Pferde so verängstigt getan hatten.

Während wir uns unterhielten, vernahmen wir ein seltsames Geräusch, halb Geheul, halb Gebell. Es war offenbar weit weg. Aber die Pferde wurden dadurch wieder sehr unruhig, und Johann hatte alle Hände voll zu tun, sie zu beruhigen. Er war sehr bleich und sagte:

»Tönt wie ein Wolf – und doch gibt es keine Wölfe mehr in dieser Gegend.«

»So?«, fragte ich ihn. »Ist es denn nicht einige Zeit her, dass Wölfe so nah an die Stadt herankamen?«

»Lang, lang her«, gab er zur Antwort. »Nie im Frühling und im Sommer; aber mit dem Schnee kamen sie noch hie und da.«

Während er die Pferde tätschelte und sie zu beruhigen versuchte, jagten dunkle Wolken über den Himmel. Die Sonne war verschwunden, und ein eiskalter Wind fegte über uns hinweg. Das dauerte jedoch nur eine kurze Weile, dann kam die Sonne wieder hervor. Es war alles nur wie eine Warnung gewesen. Johann schirmte seine Augen mit der Hand ab, besah sich den Horizont und sagte:

»Der Schneesturm wird bald kommen.«

Dann sah er wiederum auf die Uhr, nahm die Zügel fest in die Hand – die Pferde scharrten mit den Hufen und schüttelten heftig die Köpfe – und stieg auf den Bock, als sei es höchste Zeit weiterzufahren. Ich aber war noch etwas störrisch und stieg nicht sogleich ein.

»Sagen Sie mal«, begann ich, »wissen Sie etwas über den Ort, zu dem dieses Sträßchen führt?«

Schon wieder machte er das Zeichen des Kreuzes, murmelte ein Gebet, und dann sagte er feierlich:

»Dort ist's verhext.«

»Was ist verhext?«

»Das Dorf.«

»Aha! Es gibt also ein Dorf dort?«

»Nein, nein! Kein Mensch lebt seit Jahrhunderten dort unten.«

Jetzt war meine Neugier hellwach: »Aber Sie sagten doch eben, dort befinde sich ein Dorf.«

»War dort.«

»Wo ist es denn jetzt?«

Und nun sprudelte er eine lange Geschichte auf Englisch und Deutsch hervor, ein derartiges Durcheinander, dass ich nicht so richtig verstand, was er eigentlich sagen wollte; aber in groben Zügen merkte ich doch, dass dort unten vor vielen hundert Jahren einmal die Menschen gestorben waren und in Gräbern beigesetzt wurden. Doch dann vernahm man des Nachts seltsame Laute unter dem Lehmboden. Und als die Gräber geöffnet wurden – da fand man Männer und Frauen mit rosigen Gesichtern und mit blutverschmierten Mündern. Und dann waren alle Hinterbliebenen, um ihr Leben – und vor allem ihre Seele – zu retten, aus dem Dorf geflohen, um sich anderswo niederzulassen – wo die Lebenden leben und die Toten tot sind – und nicht irgendetwas Schreckliches anderes …

Offensichtlich scheute sich Johann, die letzten Worte auszusprechen. Er wurde beim Weitererzählen immer aufgeregter. Seine Phantasie ging offenbar mit ihm durch, denn er bekam gegen den Schluss seiner Geschichte einen hysterischen Anfall, so hatte er sich in das Entsetzen hineingesteigert – sein Gesicht war leichenblass, er schwitzte und zitterte und blickte sich ständig um, als ob irgendetwas Ungreifbares, Furchtbares zugegen wäre – und das im hellen Sonnenschein mitten auf diesem Hochplateau! Und schließlich gipfelte das Ganze in dem Verzweiflungsschrei: »Walpurgisnacht!« Und mit der Hand wies Johann auf die Kutsche, ich solle endlich einsteigen. Das brachte mein englisches Blut in Wallung. Ich trat einen Schritt zurück und sagte:

»Sie haben ja Angst, Johann – Sie haben Angst. Machen Sie, dass Sie nach Hause kommen. Ich komme später allein nach. Der Spaziergang wird mir guttun.«

Die Wagentür stand offen. Ich holte mir vom Sitz meinen Spazierstock aus Eichenholz – ich trage ihn auf meinen Ferienwanderungen immer mit –, schloss die Tür, zeigte mit der Hand dorthin, wo München lag, und sagte:

»Gehen Sie heim, Johann – die Walpurgisnacht bedeutet einem Engländer gar nichts.«

Die Pferde waren inzwischen widerspenstiger als je zuvor, und Johann versuchte, sie zu meistern. Zugleich flehte er mich an, doch ja nicht etwas so Tollkühnes zu unternehmen. Der arme Kerl tat mir leid, denn ihm war die Sache ernst. Und doch konnte ich mich des Lachens nicht erwehren. Seine englischen Brocken hatte er nun völlig vergessen. In seiner Angst hatte er auch vergessen, dass er sich nur auf eine einzige Art mit mir verständigen konnte, nämlich wenn er meine Sprache redete. Er aber plapperte in seiner deutschen Muttersprache, so rasch die Worte ihm aus dem Munde wollten. Es wurde mir nun ein wenig zu mühsam. Ich zeigte ein letztes Mal in die Richtung, wo München lag, und drehte mich um, um die kleine Nebenstraße ins Tal hinunter einzuschlagen.

Mit einer verzweifelten Gebärde wendete Johann die Pferde und fuhr München zu. Ich stand, auf meinen Stock gestützt, da und schaute ihm nach. Eine kurze Weile fuhr er langsam die Straße entlang. Da erschien auf einmal auf dem Kamm des Hügels vor ihm ein großer, magerer Mann. Das konnte ich von meinem Standort aus genau sehen. Als der Mann sich den Pferden näherte, bäumten sie sich auf, schlugen aus und wieherten entsetzt auf. Johann vermochte sie nicht mehr zu halten; sie rasten die Straße hinunter und wie verrückt davon. Ich schaute ihnen nach, bis ich sie aus den Augen verlor; dann suchte ich den Fremdling – doch der war verschwunden.

Leichten Herzens ging ich nun das Nebensträßchen in das tieferliegende Tal hinab, vor dem Johann so große Angst zu haben schien. Ich aber konnte beim besten Willen keinen Grund für seine Angst finden. Ich darf ruhig sagen, dass ich die nächsten zwei Stunden so dahinwanderte, ohne an die Zeit oder die Entfernung zu denken und ohne auf einen Menschen oder auf ein Haus zu treffen. In dieser Beziehung stellte das Tälchen die verkörperte Einsamkeit dar. Das aber kam mir erst zum Bewusstsein, als ich zu einer Wegbiegung kam und vor mir zerstreut liegende Gehölze erblickte. Erst da merkte ich, dass mir die absolute Öde des eben durchwanderten Gebietes unbewusst aufgefallen war.

Ich setzte mich hin, um etwas auszuruhen, und sah mich um. Es fiel mir auf, dass es empfindlich kühler geworden war als zu Anfang meiner Wanderung – eine Art Seufzen war rings um mich, und hie und da ließ sich hoch über mir in den Lüften ein dumpfes Brausen vernehmen. Ich schaute nach oben und sah, dass schwere Wolken in großer Höhe und in rascher Fahrt von Norden nach Süden zogen. Ein Sturm kündigte sich dort oben an. Mir war etwas fröstelig zumute, und da ich mir überlegte, das komme vom Stillsitzen nach dem langen Marsch, stand ich wieder auf und wanderte weiter. Das Gelände, über das ich mich bewegte, war nun viel malerischer. Zwar gab es keine wirklich auffallend schönen Einzelheiten, doch als Ganzes wirkte es lieblich, ja fast schön. Ich gab wenig acht auf die Zeit, bis mir die immer stärker werdende Dämmerung auffiel. Und damit begann ich auch an den Heimweg zu denken. Der schöne, helle Tag war vorbei. Die Luft war kalt, und die Wolken hoch oben jagten nun noch schneller über den Himmel. Dazu ließ sich ein weit entferntes Brausen hören, das in regelmäßigen Abständen von jenem Geheul übertönt wurde, von dem der Kutscher behauptet hatte, es stamme von einem Wolf. Einen Augenblick lang zögerte ich. Ich hatte gesagt, ich wolle das verlassene Dorf sehen, und darum ging ich wieder weiter und kam nach kurzer Zeit zu einem offen daliegenden Talkessel, der ringsum von Hügeln eingeschlossen war. Die Hänge der Hügel waren mit vereinzelten Bäumen bestreut, die sich gegen den Talkessel zu Wäldchen und Hainen zusammenschlossen. Ich folgte mit den Augen der vor mir liegenden Straße und konnte sehen, dass sie ganz nahe an einem der dichtesten Wäldchen vorbeiführte und dann dahinter verschwand.

Noch während ich mich orientierte, fühlte ich plötzlich einen eiskalten Windstoß, und dann fing es an zu schneien. Ich dachte an die vielen Meilen, die ich auf dem öden Gelände dort hinten zurückgelegt hatte, und eilte dem vor mir liegenden Gehölz zu, um dort Schutz zu finden. Dunkler und dunkler wurde der Himmel, immer heftiger und schwerer fiel der Schnee, bis das ganze Gebiet um mich herum zu einem glitzernden Teppich geworden war, dessen Horizont sich in nebliger Ungewissheit verlor. Die Straße war hier nur angedeutet, und in der Ebene waren die Straßenränder kaum zu sehen, jedenfalls weniger gut als in den Waldlichtungen. Und nach wenigen Schritten erkannte ich, dass ich vom Weg abgekommen sein musste, denn unter meinen Füßen fühlte ich anstelle der harten Unterlage Gras und nachgiebiges Moos. Und nun nahm auch der Wind noch zu und blies mit einer Stärke, dass ich genötigt war, vor ihm herzulaufen. Dazu wurde es nun auch eisig kalt, und trotz meiner körperlichen Anstrengung fing ich zu frieren an. Der Schneefall hatte sich derart verstärkt, dass ich vor den auf mich einstürmenden Wirbeln kaum aus den Augen sehen konnte. Und hie und da wurde der schwarze Himmel von grellen Blitzen zerrissen. In ihrem Licht konnte ich direkt vor mir eine dichte Baumgruppe erkennen, hauptsächlich, wie mir schien, aus Eiben und Zypressen bestehend, die bereits mit schwerem Schnee bedeckt waren.

Bald war ich im Schutze dieser Bäume angelangt. Hier war es verhältnismäßig ruhig, und hoch über mir konnte ich das Brausen des Sturmwindes hören. Und dann verwandelte sich die Schwärze des Sturmes in die Dunkelheit der Nacht. Der Schneesturm ließ nach, und nur gelegentlich kam noch ein verspäteter heftiger Windstoß. Und jedes Mal dann schien das unheimliche Geheul des Wolfs rings um mich herum ein vielfältiges Echo zu finden.

Manchmal stahl sich schon ein Mondstrahl durch die schwarzen Wolken und beleuchtete die Gegend um mich herum. Ja, ich befand mich wirklich am Rande eines Haines aus Zypressen und Eiben. Als es nicht mehr schneite, wagte ich mich aus meinem Unterschlupf hervor und untersuchte meine Umgebung etwas näher. Mir schien, dass unter den vielen alten Häuserfundamenten, an denen ich vorbeigekommen war, noch ein Haus stehen müsste, das, obgleich Ruine, mir immerhin eine Art Unterkunft bieten könnte. Ich ging also dem Rande des Haines entlang und entdeckte, dass er von einer niedrigen Mauer eingeschlossen war, und nach einigen weiteren Schritten fand ich eine Öffnung zum Durchschlüpfen. Hier bildeten die Zypressen eine Allee, die zu einem massigen, viereckigen Gebäude zu führen schien. Kaum hatte ich das Gebäude erblickt, trat eine dunkle Wolke vor den Mond, und ich schritt die Allee in völliger Dunkelheit hinauf. Es musste wieder kälter geworden sein, denn ein Schauer schüttelte mich, während ich vorwärtsschritt. Doch ich hatte ja berechtigte Hoffnung, bald ein schützendes Dach über dem Kopf zu haben, und so tastete ich mich blindlings weiter.

Ich hielt inne, denn plötzlich war es um mich herum mäuschenstill. Der Sturm war vorüber. Und auch mein Herz schien beinahe stillzustehen, als wäre es im Einklang mit der Natur. Doch das dauerte nur einen Augenblick, denn nun brach wieder der Mond durch die Wolken und zeigte mir: Ich stand in einem Friedhof.

Das viereckige Gebäude vor mir war ein gewaltiges, massives Grabmal aus weißem Marmor – so weiß wie der darauf und darum herum liegende Schnee. Zugleich mit dem Erscheinen des Mondlichts seufzte der Sturm wieder auf, und ein langanhaltendes tiefes Heulen, als käme es von Hunden oder von Wölfen, setzte ein. Furcht und Grausen packten mich derart, dass mein Herz zu erkalten drohte. Und während das Licht des Mondes noch immer auf das weiße Grabmal fiel, schien der Sturm mit neuer Gewalt losbrechen zu wollen. Von einem unerklärlichen Zauber gepackt, näherte ich mich dem Grabmal, um herauszufinden, um wen es sich hier handeln mochte und warum ein so pomphaftes Gebäude an solch verlassener Stelle stünde. Ich schritt darum herum und las über dem in dorischem

Stil ausgeführten Eingang das Folgende in deutscher Sprache:

GRÄFIN DOLINGEN VON GRATZ
IN STEIERMARK
GESUCHT UND TOT AUFGEFUNDEN
1801

Oben auf dem Grabmal – es war aus riesigen Marmorquadern konstruiert – war ein mächtiger eiserner Stab oder Pfahl direkt durch den soliden Stein hindurchgetrieben worden. Ich begab mich auf die Rückseite des Grabmals, und dort erblickte ich große, eingemeißelte Buchstaben in russischer Sprache:

Die Toten reisen rasch

Das Ganze erschien mir derart seltsam und unheimlich, dass ich zusammenfuhr und ohnmächtig zu werden drohte. Zum ersten Mal an diesem Abend begann ich zu wünschen, ich hätte Johanns Rat befolgt. Und dann erinnerte ich mich auf einmal – wie der Gedanke ausgelöst wurde, ist mir rätselhaft –, dass dies ja Walpurgisnacht sei! Der Gedanke traf mich jetzt wie ein Keulenschlag.

Walpurgisnacht, das war doch nach dem Glauben

von Millionen von Menschen die Nacht, in der der Teufel umging – die Nacht, in der sich die Gräber auftaten und die Toten aufstanden und wandelten! Die Nacht, in der alle bösen Geister der Erde, der Luft und des Wassers sich zusammentaten. Und den Ort, an dem ich mich jetzt befand, hatte der Kutscher ganz besonders gemieden. Hier war das entvölkerte Dorf, das vor Jahrhunderten schon bestanden hatte. Hier lag der Selbstmörder begraben. Und hier war ich, allein – entnervt, schlotternd vor Kälte, umgeben von einem weißen Leichentuch, angesichts eines sich neu ballenden Sturmes! Ich musste all meine Philosophie und Religion, die mir beigebracht worden waren, zusammennehmen, all meinen Mut, um nicht vor entsetzlicher Furcht zusammenzubrechen.

Und nun setzte der fürchterlichste Sturm ein, den ich je erlebte. Die Erde erbebte, als ob tausend Pferde darüber hinwegdonnern würden. Und diesmal schwang er die Hagelpeitsche, nicht Schnee fiel mehr, sondern enorme Hagelsteine, die mit einer Heftigkeit auf mich eindrangen, als würden sie aus den Schleudern balearischer Steinschleuderer geschossen, Hagelsteine, die Blatt und Zweig zerfetzten und gegen die es unter den Zypressen keinen Schutz mehr gab – ich hätte ebenso gut in einem Kornfeld dagegen Schutz suchen können. Zuerst war ich unter den nächststehenden Baum gerannt. Aber bald war ich nur allzu froh, ihn zu verlassen und den einzigen Ort aufzusuchen, der noch Schutz zu bieten schien, nämlich die tiefe dorische Pforte des Marmorgrabmals. Dort fand ich denn auch – wenn ich mich eng an die massive Bronzetür drückte – einen geringen Schutz gegen die niederprasselnden Hagelkörner, denn jetzt trafen sie mich höchstens, wenn sie vom Boden und von den Marmorwänden abprallten.

Wie ich mich nun so gegen die Tür drückte, gab sie leicht nach und öffnete sich nach innen. Bei diesem erbarmungslosen Sturm war mir sogar der Schutz einer Gruft willkommen, und so war ich eben im Begriff, dort einzudringen, als ein ungeheurer Blitz die Gegend und den ganzen Himmel taghell erleuchtete. Und – so wahr ich lebe! – in diesem Augenblick sah ich im Innern der Gruft eine wundervolle Frau mit runden Wangen und roten Lippen wie schlafend auf einer Bahre liegen … Mit dem sogleich einsetzenden Donner schien eine Riesenfaust mich zu packen, und ich wurde in den Sturm hinausgeworfen. Das geschah so rasend schnell, dass ich den Schmerz von den herunterprasselnden Hagelsteinen empfand, noch ehe ich den moralischen und körperlichen Schock zu fühlen vermochte. Und zugleich hatte ich plötzlich das deutliche Gefühl, ich sei nicht mehr allein. Ich drehte mich zur Gruft um. In dem Augenblick erhellte wieder ein greller Blitz die Umgebung und schien direkt in den eisernen Pfahl auf der Gruft einzuschlagen, durch das Grabmal hindurch in die Erde, wobei der Marmor zerbarst, als wäre er aus brennbarem Material. Die tote Frau richtete sich auf wie im Todeskampf und wurde von der Flamme verzehrt – ihr entsetzlicher Schmerzensschrei ertrank im Donnerschlag. Das war alles, was ich noch zu hören vermochte: dieses schreckliche Durcheinander von Getön und Geschrei … dann wurde ich wieder von Gigantenhand gepackt und weggetragen … die Hagelsteine schlugen auf mich nieder … die Luft war erfüllt vom Geheul der Wölfe. Das Letzte, was ich zu sehen vermochte, war eine weiße, undefinierbare Masse, die aussah, als hätten sich alle Gräber des Friedhofs geöffnet und ihre Toten in den weißen Leichentüchern als grausige Phantome ausgespien, die sich jetzt auf mich zubewegten, immer näher heran, durch den niederprasselnden Hagel.

Langsam, unbestimmt kehrte das Bewusstsein mir wieder und dann ein Gefühl unendlicher und schrecklicher Erschlaffung. Eine ganze Weile konnte ich mich an nichts erinnern – dann setzten die Sinnesempfindungen wieder ein. Meine Füße taten mir entsetzlich weh – ich konnte sie überhaupt nicht bewegen, sie waren wie gelähmt. Mein Nacken und die ganze Wirbelsäule waren wie erstarrt, meine Ohren wie abgestorben, und doch tat mir alles weh. In meiner Brust aber spürte ich wohlige Wärme. Ich war wie von einem Alptraum belastet, von einem physischen Alptraum – wenn man das so sagen kann. Und ein drückendes Gewicht auf meiner Brust machte mir das Atmen schwer. Dieser Dämmerzustand muss mich ziemlich lange beherrscht haben; doch als er sich verflüchtigte, wurde ich ohnmächtig.

Und dann erwachte ich. Ekel würgte mir die Kehle, als wäre ich im Begriff, seekrank zu werden – und dann kam ein wilder Drang, mich von etwas befreien zu müssen – wovon, war mir selbst nicht klar. Rings um mich war die Welt völlig still geworden, als wäre alles eingeschlafen oder tot ... nur ein einziger Laut unterbrach die Stille: ein tiefes Keuchen, als befände sich in meiner Nähe irgendein Tier. Etwas Warmes, Rauhes war an meiner Kehle – und dann wurde mir mit einem Schlag die furchtbare Wahrheit bewusst: Ein riesiges Tier lag auf mir und beleckte meine Kehle. Ich wagte nicht, mich zu rühren, denn instinktiv wusste ich, dass ich äußerst vorsichtig sein musste. Doch das Ungeheuer musste gespürt haben, dass mit mir eine Veränderung vorgegangen war: Es hob seinen Kopf. Durch gesenkte Augenlider hindurch gewahrte ich die glühenden Augen eines mächtigen Wolfs. In seinem weit offenen Maul glänzten scharfe, weiße Zähne, und ich konnte den heißen, säuerlichen Atem des Tieres auf meinem Gesicht spüren.

Und wieder schwanden mir auf kurze Zeit die Sinne. Und dann vernahm ich ein tiefes Knurren und ein heiseres Bellen, das sich rasch wiederholte. Von ferne ließ sich ein vielstimmiges Rufen hören – es tönte fast wie ein Chor. Ich hob vorsichtig meinen Kopf und versuchte, in der Richtung, aus der die Rufe kamen, etwas zu sehen; doch der Friedhof musste wohl dazwischen liegen. Der Wolf bellte immer noch auf eine sonderbare Weise. Ein rötlicher Schein ließ sich jetzt durch den Zypressenhain hindurch erkennen. Wie nun die Stimmen näher kamen, begann der Wolf schneller und lauter zu bellen. Ich wagte weder, mich zu rühren, noch, einen Laut von mir zu geben. Näher kam der rötliche Schein über das weiße Leichentuch, das sich um mich herum ausbreitete. Und dann tauchten plötzlich von jenseits des Wäldchens einige Reiter im Trab auf. Sie trugen brennende Fackeln. Der Wolf erhob sich von meiner Brust und jagte auf den Friedhof zu. Ich konnte sehen, wie einer der Reiter (Soldaten mussten es sein, ihren Mützen und langen

Mänteln nach zu schließen) seinen Karabiner anlegte und zielte. Ein Kamerad schlug seinen Arm in die Höhe, und ich hörte, wie die Kugel über meinen Kopf hinwegpfiff. Offenbar hatte der Schütze meinen Körper für den Wolf gehalten. Ein anderer Reiter nahm den fliehenden Wolf aufs Korn, und ein weiterer Schuss folgte. Dann galoppierte die Truppe vorwärts – einige auf mich zu, andere hinter dem Wolf her, der eben zwischen den Zypressen verschwand.

Als die Reiter näher kamen, versuchte ich mich zu bewegen, konnte aber noch immer kein Glied rühren, obschon ich jedes Wort hören, jede Gebärde um mich sehen konnte. Zwei, drei Soldaten sprangen von den Pferden und knieten neben mir hin. Einer von ihnen hob meinen Kopf etwas an und legte seine Hand auf mein Herz.

»Wir sind zur rechten Zeit gekommen, Kameraden! Sein Herz schlägt noch!«

Dann wurde mir Cognac eingeflößt, was mich wieder so weit stärkte, dass ich meine Augen ganz zu öffnen vermochte. Ich sah um mich: Licht und Schatten wechselten unter den Bäumen, Männer riefen einander zu. Sie sammelten sich, wobei sie erschrocken miteinander diskutierten; und Lichter blitzten auf, als die übrigen Soldaten aus dem Friedhof gerannt kamen, völlig durcheinander und wie

Besessene sich gebärdend. Wie sie nun näher kamen, fragten diejenigen um mich herum:

»Und, habt ihr ihn gefunden?«

Die Antwort kam rasch, gehetzt:

»Nein! Rasch weg von hier! Das ist nicht der Ort, sich zu verweilen – und erst noch in dieser Nacht!«

»Was war es denn?«, fragten alle wirr durcheinander. Und alle möglichen Antworten gab es darauf, und alle waren sie unbestimmt, so als drängte es die Männer zum Sprechen und als wären sie durch eine allen gemeinsame Furcht nicht imstande, ihre Gedanken zu äußern.

»Es … es … o Gott!«, stotterte der Eine, der offensichtlich vorübergehend um seinen Verstand gekommen war.

»Ein Wolf war's – und doch wieder keiner!«, rief ein Zweiter schaudernd.

»War zwecklos, auf ihn zu schießen, wenn man es nicht mit einer geweihten Kugel tun konnte«, bemerkte ein Dritter etwas sachlicher.

»Geschieht uns recht! Warum sind wir auch gerade in dieser Nacht hierhergekommen! Wir haben weiß Gott unsere tausend Mark sauer verdient!«, rief der Vierte aus.

»Blut rann über den geborstenen Marmor, habt ihr's gesehen?«, meinte ein anderer nach einer kleinen Weile. »Vom Blitz konnte das doch nicht herkommen. Und schaut euch einmal dem da seine Kehle an! Ist der ungefährlich? Schaut doch her, Kameraden: Der Wolf hat sich auf ihn gelegt und sein Blut warm gehalten.«

Der Offizier besah sich meinen Hals:

»Ihm ist nichts geschehen; die Haut ist nicht durchbohrt. Aber was bedeutet das alles? Wir hätten ihn ja ohne das Gebelfer des Wolfes nie gefunden.«

»Was ist eigentlich aus dem geworden?«, fragte nun der Mann, der meinen Kopf stützte und der mir der Gefassteste von allen schien. Seine Hände zitterten nicht wie die der anderen. Auf seinem Ärmel erkannte ich das Abzeichen eines Adjutanten.

»Er hat sich wohl in seinen Bau verkrochen«, antwortete ein Bursche mit leichenblassem, schmalem Gesicht, den es vor Angst zu schütteln schien. Ängstlich blickte er sich um: »Hier gibt's Gräber genug, in die er sich verkriechen konnte. Kommt doch endlich, Kameraden! Weg von hier. Der Ort ist verflucht!«

Der Offizier setzte mich auf und gab einen Befehl, worauf ein paar Leute mich auf ein Pferd hoben. Der Offizier sprang hinter mir in den Sattel, legte seine Arme um mich und gab das Wort zum Aufbruch. Und dann ritten wir rasch und in militärischer Ordnung von den Zypressen weg.

Noch immer versagte mir meine Zunge den Dienst, und so musste ich schweigen. Ich werde wohl etwas eingeschlafen sein, denn das Nächste, an das ich mich zu erinnern vermag, war, dass ich mich stehend auf dem Boden wiederfand; auf beiden Seiten stützte mich je ein Soldat. Es war nun schon fast heller Tag, im Norden sah man einen breiten Streifen Morgenrot – es sah aus wie ein Pfad aus Blut, der durch ein Schneefeld führt …

Der Offizier gebot seinen Soldaten, über das, was sie in dieser Nacht gesehen hatten, Schweigen zu bewahren; sie dürften höchstens erwähnen, sie hätten einen jungen Engländer gefunden, der von einem großen Hund bewacht worden sei.

»Hund! Das war doch kein Hund!«, rief der Mann dazwischen, der sich so ängstlich aufgeführt hatte. »Ich denke doch, ich erkenne einen Wolf, wenn ich einen zu Gesicht bekomme!«

Ruhig gab der Offizier zurück: »Ich sagte: von einem Hund.«

»Hund!«, wiederholte der Soldat ironisch. Es war offensichtlich, dass mit der zunehmenden Helle auch sein Mut zunahm. Er zeigte auf mich und rief aus:

»Seht mal dem seinen Hals an! Ist dies das Werk eines Hundes, Herr Leutnant?«

Instinktiv fuhr ich mit meiner Hand an die Kehle – und schrie auf vor Schmerz. Die Männer drängten sich nun um mich herum, einige beugten sich aus den Sätteln herab, um besser zu sehen. Und wieder ertönte die ruhige Stimme des Offiziers:

»Es war ein Hund, wie ich sagte. Wenn wir etwas anderes erzählten, würden die Leute uns bloß auslachen.«

Ich musste mich diesmal hinter einem Soldaten aufs Pferd schwingen, und so ritten wir bis in eine Vorstadt von München. Dort fand sich ein verlassener Wagen, in welchen ich hineingesetzt wurde. In diesem Wagen kam ich endlich vor dem ›Vier Jahreszeiten‹ an. Der junge Offizier und ein Soldat, der das Pferd des Leutnants führte, waren als Begleiter mitgekommen. Die übrigen Soldaten wurden in ihre Quartiere beordert.

Als ich vor dem Hotel vorfuhr, rannte auch schon Herr Delbrück die Treppe herab. Es war klar, dass er hinter einem Fenster auf mich gewartet hatte. Er fasste mich bei den Händen und führte mich besorgt hinein. Der junge Offizier salutierte forsch und drehte sich etwas langsam um, so dass ich fühlte, was er bezweckte. Ich bat ihn also höflich, doch mit hereinzukommen. In meinen Zimmern dankte ich ihm bei einem Glase Wein herzlich für seine und seiner Kameraden Hilfe. Er antwortete, er habe das gerne getan. Eigentlich habe Herr Delbrück die Suchmannschaft sogleich alarmiert und für sie alles getan, was in seiner Macht stand. Bei diesen Worten lächelte Herr Delbrück, der Hotelmanager, verbindlich, und der Offizier entschuldigte sich mit dienstlichen Verpflichtungen und empfahl sich.

»Ja, aber … Herr Delbrück«, wollte ich nun wissen, »wie kam es denn überhaupt, dass die Soldaten aufgeboten wurden, um mich zu suchen?«

Er zuckte die Achseln, als schätze er seine eigene Tat recht gering ein, und gab zur Antwort:

»Ich hatte das Glück, vom Kommandanten des Regimentes, in dem ich selber Dienst tat, die Erlaubnis zu erhalten, um Freiwillige für die Suchaktion nachzukommen.«

»Aber woher wussten Sie denn, dass ich mich verirrt hatte?«

»Der Kutscher fuhr mit dem, was von seinem Wagen noch übrig war – nachdem die Pferde durchgebrannt waren –, hier vor das Hotel.«

»Deswegen mussten Sie doch noch lange keine militärische Suchaktion nach mir einleiten!«

»O nein!«, erwiderte Herr Delbrück darauf. »Noch ehe der Kutscher hier eintraf, erhielt ich ein Telegramm von dem Fürsten, bei dem Sie wohnen.« Und damit zog er ein Telegramm aus der Tasche und reichte es mir herüber. Ich las:

Tragen Sie ja Sorge um meinen Gast – seine Sicherheit liegt mir ganz besonders am Herzen. Sollte ihm das Geringste widerfahren, sollte er vermisst werden, dann tun Sie alles Menschenmögliche, ihn zu finden und ihn in Sicherheit zu bringen. Er ist Engländer, also abenteuerlustig. Wie oft drohen Gefahren durch den Schneefall, von Wölfen, von der Nacht. Verlieren Sie keine Sekunde, sobald Sie vermuten, es könnte ihm etwas zugestoßen sein. Ich bezahle Ihre Umsicht mit meinem Vermögen.

Dracula

Ich hielt das Telegramm in der Hand, und der Raum schien sich um mich zu drehen. Hätte nicht der aufmerksame Herr Delbrück mich aufgefangen, ich wäre noch einmal besinnungslos umgesunken. In dieser ganzen Geschichte gab es etwas so Seltsames, so Unausdenkbares, dass ich langsam zur Überzeugung kam, ich müsse der Spielball feindlicher Mächte sein – ein Gedanke, der mich irgendwie lähmte. Es war eindeutig: Ich stand unter einem geheimnisvollen Schutz. Aus fernem Land war haargenau im richtigen Augenblick die Nachricht eingetroffen, die mich der Gefahr des Erfrierens im Schnee und der Gefahr, die mir von den Fängen eines Wolfs drohte, entrissen hatte.

Das Haus des Richters

Als sein Examen herannahte, beschloss Malcolm Malcolmson, sich irgendwohin zurückzuziehen, um zu lesen. Er fürchtete den Reiz der Meeresküste ebenso wie die vollständige ländliche Abgeschiedenheit, und so unternahm er es, eine kleine Stadt ausfindig zu machen, in der ihn nichts von der Arbeit ablenken würde. Er packte ein paar Kleidungsstücke und alle notwendigen Bücher und kaufte sich eine Fahrkarte nach der ersten Station auf dem Lokalbahn-Fahrplan, die ihm unbekannt war.

Als er nach drei Stunden in Benchurch ausstieg, war er überzeugt, sich nun in Frieden seinen Studien widmen zu können. Er ging geradenwegs zu dem einzigen Gasthof am Platz und nahm sich ein Zimmer für die Nacht. Benchurch war ein Marktflecken und alle drei Wochen voller Menschen, sonst aber so anziehend wie die Wüste.

Am folgenden Tage sah sich Malcolmson nach einem Quartier um, das noch ruhiger wäre als das friedliche Gasthaus ›Zum Guten Reisenden‹. Es gab nur einen Ort, der seine kühnsten Erwartungen nach Ruhe zufriedenstellte. Ruhe war nicht einmal das richtige Wort für diesen Platz; nur das Wort Verlassenheit gab einen Begriff von so viel Einsamkeit: ein solide gebautes altes Haus mit plumpen Giebeln und Fenstern, von einer hohen, dicken Ziegelmauer umgeben. Betrachtete man es genauer, so glich es eher einer Festung als einem gewöhnlichen Wohnhaus. Aber das alles gefiel Malcolmson. ›Genau der Ort, den ich gesucht habe‹, dachte er. Seine Freude wurde noch größer, als er sah, dass es unbewohnt war.

Auf der Post erfuhr er den Namen des Maklers, der höchst erstaunt war über die Anfrage, ob ein Teil des alten Hauses zu vermieten sei. Mr Carnford war ein freundlicher alter Herr, der offen seine Freude darüber zeigte, dass jemand in dem alten Haus wohnen wollte.

»Um ganz ehrlich zu sein«, sagte er, »würde ich das Haus nur zu gerne im Auftrag der Besitzer für einige Jahre mietfrei vermitteln – und wäre es auch nur, damit die Leute sich hier daran gewöhnten, es bewohnt zu sehen. Es hat so lange leer gestanden, dass sich ein ganz absurdes Vorurteil dagegen gebildet hat – und das könnte man am besten beseitigen, wenn jemand darin wohnte.« Mit einem verschmitzten Blick auf Malcolmson fügte er hinzu: »… und wenn der Bewohner auch nur ein Gelehrter wäre, der eine Zeitlang dort Ruhe und Frieden sucht.«

Es erschien Malcolmson überflüssig, sich nach dem »absurden Vorurteil« zu erkundigen; er war sicher, er würde mehr darüber in Erfahrung bringen, wenn er es wollte. Er bezahlte die Miete für drei Monate, erhielt eine Quittung und den Namen einer alten Frau, die wahrscheinlich die Hausarbeit übernehmen würde, und ging hinaus – mit dem Schlüssel in der Tasche. Dann erkundigte er sich bei der freundlichen Inhaberin des Gasthofes, was er wohl an Vorräten benötigte. Sie schlug die Hände über dem Kopf zusammen, als er ihr erzählte, wohin er sich zurückziehen wollte.

»Doch nicht in das Haus des Richters!«, sagte sie und wurde blass.

Er erklärte ihr, wo das Haus lag, den Namen kannte er nicht. Darauf antwortete sie:

»Natürlich – das ist das Haus!«

Er bat sie, ihm etwas darüber zu erzählen: Warum es so hieß und was man dagegen hätte. Sie sagte, dass man es im Ort so nenne – von alters her, aber sie wusste nicht genau, seit wann. Angeblich wohnte vor über hundert Jahren ein Richter dort, der wegen seiner strengen Urteile und seiner Rachsucht sehr gefürchtet war. Aber sie konnte ihm nicht sagen, was man gegen das Haus hatte. Trotz aller Fragen hatte es ihr niemand erklärt. Nur spürte man ganz allgemein, dass *irgendetwas* dort nicht geheuer war, und um keinen Preis der Welt würde sie auch nur eine Stunde allein in dem Haus bleiben. Dann entschuldigte sie sich bei Malcolmson für ihr Gerede.

»Es ist nicht recht von mir – aber auch nicht von Ihnen, junger Herr, dass Sie allein dort wohnen wollen. Wenn Sie mein Sohn wären, verzeihen Sie meine Worte: Nicht eine Nacht würden Sie dort schlafen, und wenn ich selbst die große Sturmglocke auf dem Dach läuten müsste.«

Der guten Frau war es so ernst, und sie war so freundlich, dass Malcolmson ganz gerührt war. Er dankte ihr für ihr Interesse und fügte hinzu:

»Aber liebe Mrs Witham, Sie brauchen doch keine Angst um mich zu haben. Wenn man sich auf ein Mathematikexamen vorbereitet, hat man keine Zeit, an so mysteriöse Dinge zu denken, und die Arbeit selbst ist so prosaisch und unpersönlich, dass man kein freies Eckchen für Derartiges im Kopf hat.«

Mrs Witham versprach, sich um die Einkäufe zu kümmern, und er begab sich zu der alten Frau, die ihm empfohlen worden war. Als er zwei Stunden später am Hause des Richters ankam, wartete Mrs

Witham schon mit mehreren Männern und Burschen auf ihn: Sie schleppten Pakete und hatten einen Handkarren mit einem Bett darauf, denn, meinte die gute Frau, wenn auch die Tische und Stühle wohl noch gut wären – ein Bett, das seit vielleicht fünfzig Jahren nicht gelüftet worden war, sei nicht das Richtige für einen jungen Menschen. Offenbar war sie neugierig, das Haus von innen zu sehen, und obwohl sie ihre Angst vor *irgendetwas* nicht verhehlte und sich beim geringsten Geräusch an Malcolmson klammerte, besichtigte sie das ganze Haus mit ihm.

Nach diesem Rundgang beschloss Malcolmson, sich im Speisezimmer einzurichten, das groß genug für ihn war. Mrs Witham und die Putzfrau, Mrs Dempster, erledigten alles Nötige. Malcolmson sah, dass die freundliche Mrs Witham aus ihrer eigenen Küche genug Vorräte für einige Tage hatte bringen lassen. Sie wünschte ihm alles Gute, drehte sich aber an der Tür noch einmal um und sagte:

»Weil es in dem großen Raum so zieht, wäre es vielleicht gut, Mr Malcolmson, wenn Sie nachts einen Wandschirm um Ihr Bett stellten. Ich würde ja allerdings vor Angst vergehen, wenn ich so eingesperrt wäre, mit … hm … mit allerhand *Dingern*, die mir von rechts und links und von oben zusehen.« Damit lief sie davon.

Mrs Dempster verzog den Mund etwas verächtlich und erklärte, es gebe überhaupt keine Gespenster auf der Welt, vor denen sie sich fürchtete.

»Ich will Ihnen was sagen, junger Herr«, meinte sie, »Gespenster können alles Mögliche sein – nur keine Gespenster! Vielleicht Ratten oder Mäuse oder Käfer, quietschende Türen oder lose Dachziegel, zerbrochene Scheiben oder verklemmte Schubladen – es gibt ja welche, die man nicht wieder zubekommt und die dann mitten in der Nacht herausfallen. Schauen Sie sich nur die Holztäfelung in diesem Zimmer an! Mehr als hundert Jahre alt ist sie! Glauben Sie vielleicht, dass es dahinter keine Ratten und Käfer gibt? Und meinen Sie vielleicht, dass Sie sie nicht zu Gesicht bekommen werden? Ratten sind Gespenster, das sage ich Ihnen, und Gespenster sind Ratten; glauben Sie nur nichts anderes!«

»Mrs Dempster«, sagte Malcolmson würdevoll, »was Sie nicht alles wissen! Und weil ich die größte Hochachtung vor Ihrem gesunden Kopf und Herz habe, will ich Sie während der letzten zwei Monate hier im Haus wohnen lassen, denn ich will nur vier Wochen hier arbeiten.«

»Vielen Dank, Mr Malcolmson«, antwortete sie, »aber ich kann keine einzige Nacht auswärts schlafen. Ich wohne in einem Heim, und wenn ich auch nur eine Nacht nicht da wäre, würde ich meinen ganzen Lebensunterhalt verlieren. Das kann ich nicht riskieren. Wenn's nicht deshalb wäre, würde ich Sie nur zu gern ganz versorgen, solange Sie hier wohnen.«

»Aber meine liebe Mrs Dempster«, sagte Malcolmson rasch, »ich bin ja gerade hergekommen, um ganz allein zu sein.«

Die alte Frau begann sauberzumachen; und als Malcolmson bei Anbruch der Dunkelheit von seinem Spaziergang (bei dem er immer ein Buch bei sich trug) zurückkam, fand er das Zimmer sauber und aufgeräumt, ein Feuer in dem alten Kamin, die Lampe angezündet und den Tisch gedeckt. Das Abendessen aus Mrs Withams ausgezeichneten Vorräten stand bereit.

»Das nenne ich Bequemlichkeit«, sagte er und rieb sich die Hände.

Nach dem Abendessen legte er Holz auf und setzte sich hin, um ernsthaft zu arbeiten. Er arbeitete bis elf Uhr ohne Unterbrechung; dann kümmerte er sich um Feuer und Lampe und machte sich eine Tasse Tee. Er war von jeher ein Teetrinker gewesen und hatte während seiner Studienzeit immer noch spät eine Tasse getrunken. Das Feuer knisterte und warf seltsame Schatten in den großen, alten Raum; beim Teetrinken genoss er seine völlige Einsamkeit. Plötzlich merkte er zum ersten Mal, was für einen Lärm die Ratten machten.

›Das können sie doch unmöglich die ganze Zeit über getan haben, während ich gelesen habe‹, dachte er, ›das müsste ich doch gemerkt haben.‹ Und als das Geräusch immer stärker wurde, kam er zu der Überzeugung, dass es wirklich neu war. Offenbar hatten sich die Ratten zunächst vor dem Fremden, dem Feuer und der Lampe gefürchtet, aber mit der Zeit wagten sie mehr und benahmen sich wie gewöhnlich. Auf und nieder huschten sie hinter der alten Täfelung, über der Decke und unter dem Fußboden; und wie sie nagten und kratzten! Malcolmson dachte an die Worte von Mrs Dempster (»Gespenster sind Ratten, und Ratten sind Gespenster«) und lächelte vor sich hin. Der Tee hatte ihn angeregt, er freute sich auf ein gutes Stück Arbeit bis zum Morgengrauen und blickte sich im Zimmer um. Er nahm die Lampe in die Hand zu einem Rundgang und wunderte sich, dass so ein seltsames und schönes altes Haus so lange vernachlässigt worden war. Täfelung, Türrahmen und Fenster wiesen ganz besonders schöne Holzschnitzereien auf. An den Wänden hingen alte Bilder, aber der Staub lag so dick auf ihnen, dass er keine Einzelheiten erkennen konnte. Hier und da sah er eine Spalte oder ein Loch, aus dem für einen Augenblick die glänzenden

Augen einer Ratte hervorschauten – aber gleich waren sie wieder verschwunden.

Am meisten beeindruckte ihn das Seil zur großen Sturmglocke auf dem Dach, das rechts vom Kamin in einer Ecke herunterhing. Er rückte einen geschnitzten Eichensessel mit hoher Lehne vor das Feuer und ließ sich zu seiner letzten Tasse Tee darin nieder. Dann legte er Holz nach, kehrte zu seiner Arbeit zurück und setzte sich so, dass er das Feuer zur Linken hatte. Eine kleine Weile noch fühlte er sich durch die Ratten gestört, aber dann gewöhnte er sich an das Geräusch und vertiefte sich so sehr in seine Arbeit, dass die ganze Welt für ihn versank – mit Ausnahme des Problems, das er zu lösen versuchte.

Plötzlich hob er seinen Blick (das Problem war noch immer ungelöst) und spürte in der Luft dieses unheimliche Etwas kurz vor Morgengrauen, das den Menschen ein Gruseln einflößt. Die Ratten waren verstummt. Ja es schien ihm, dass ihr Geräusch gerade erst aufgehört haben musste und dass die plötzliche Ruhe ihn gestört hatte. Das Feuer war heruntergebrannt, aber es warf noch einen dunkelroten Schein ins Zimmer. Er zuckte zusammen.

Auf dem großen, geschnitzten Eichensessel rechts vom Kamin saß eine riesige Ratte, die ihn unverwandt anstarrte. Er machte eine Bewegung, als wollte er etwas nach ihr werfen. Aber die Ratte saß unbeweglich da und sah ihn noch böser an.

Malcolmson war überrascht. Er nahm den Feuerhaken und stürzte vor, um sie totzuschlagen. Aber noch ehe er dazu kam, quietschte die Ratte laut auf, sprang auf den Boden und kletterte am Seil der Sturmglocke hinauf ins Dunkle. Sofort begann das lärmende Trippeln der Ratten hinter der Täfelung von neuem. Nun dachte Malcolmson schon gar nicht mehr an sein Mathematikproblem, und weil draußen der Hahn gerade zum ersten Mal krähte, ging er zu Bett.

Er schlief so fest, dass er nicht einmal Mrs Dempster kommen hörte, die sein Zimmer in Ordnung bringen wollte. Erst nachdem sie fertig war, sein Frühstück gerichtet und an den Wandschirm geklopft hatte, den er um sein Bett gestellt hatte, wachte er auf. Er war noch etwas müde von der anstrengenden Nachtarbeit, aber eine Tasse starken Tees weckte ihn vollends auf. Er nahm sein Buch und ein paar Brote für den Fall, dass er nicht vor dem Abendessen zurückkehren sollte, und unternahm seinen Morgenspaziergang. Auf dem Rückweg ging er bei Mrs Witham vorbei, um ihr zu danken. Als sie ihn kommen sah, ging sie ihm entgegen und bat ihn einzutreten. Sie betrachtete ihn aufmerksam und schüttelte den Kopf:

»Arbeiten Sie nicht zu viel, junger Herr. Sie sind heute blasser, als Sie sein sollten. Geistige Arbeit bis tief in die Nacht hinein tut nicht gut. Ich hoffe, Sie haben trotzdem gut geschlafen. Bei meiner Seele – ich war ganz erleichtert, als Mrs Dempster mir heute Morgen erzählte, dass es Ihnen gutginge und dass Sie noch fest schliefen, als sie kam.«

»Ach ja, es ging mir ausgezeichnet«, antwortete er lächelnd. »Die ›Gespenster‹ haben mich nicht bedrängt – wenigstens bis jetzt nicht. Nur die Ratten waren unangenehm. Eine war dabei – eine ganz böse aussehende, ein richtiger alter Teufel; die saß auf dem großen Sessel am Feuer und ließ sich erst vertreiben, als ich mit dem Feuerhaken auf sie losging. Dann kletterte sie am Seil der Sturmglocke hinauf und verzog sich hinter die Wand oder die Decke – ich weiß nicht, wohin, es war so dunkel.«

»Gott sei unseren Seelen gnädig«, sagte Mrs Witham. »Ein alter Teufel, der auf einem Stuhl saß! Sehen Sie sich vor! Passen Sie auf! Wie oft spricht man nicht im Scherz eine Wahrheit aus!«

»Wie meinen Sie das?«

»Ein alter Teufel! Sie brauchen gar nicht zu lachen, junger Herr!« (Denn Malcolmson war in lautes Lachen ausgebrochen.) »Ihr jungen Leute denkt immer, man könne einfach lachen über die Dinge, bei denen es die Älteren schaudert. Macht nichts, junger Herr. Ich wünschte, Sie würden bis zuletzt lachen. Wahrhaftig, das wünsche ich Ihnen!« Einen Augenblick strahlte die gute Frau über ihr ganzes Gesicht und vergaß ihre Ängste.

»Verzeihung!«, sagte Malcolmson sogleich. »Bitte, halten Sie mich nicht für unhöflich. Aber der Gedanke war zu komisch für mich – der alte Teufel in Person sollte letzte Nacht auf dem Stuhl gesessen haben!« Und bei dem Gedanken lachte er wieder. Dann ging er zum Abendessen nach Hause.

An diesem Abend begannen die Ratten früher mit ihrem Herumtrippeln, ja es hatte sogar schon vor seiner Rückkehr angefangen und nur aufgehört, als er gerade eingetreten war. Nach dem Essen saß er eine Zeitlang am Feuer und rauchte; dann räumte er seinen Tisch auf und begann wieder zu arbeiten. Aber an diesem Abend störten ihn die Ratten mehr als am vorhergehenden. Wie sie hinauf und hinunter, hierhin und dorthin liefen! Wie sie quietschten, kratzten und nagten! Und wie unverfroren sie wurden – aus allen Spalten und Löchern sahen ihre Augen hervor und glitzerten im Feuerschein wie winzige Lampen. Manchmal rannten die dreistesten Tiere an der Wand entlang. Und von Zeit zu Zeit machte Malcolmson ein Geräusch, um sie zu erschrecken, schlug mit der Faust auf den Tisch oder zischte sie an, so dass sie in ihre Löcher entwichen.

So verging der erste Teil der Nacht, und trotz des Lärmes versenkte sich Malcolmson immer tiefer in seine Arbeit.

Plötzlich hielt er inne. Dieselbe plötzliche Stille wie am Vorabend. Kein Laut war zu hören. Er entsann sich des vorigen Abends und blickte instinktiv nach dem Sessel vor dem Feuer. Und da packte ihn ein ganz merkwürdiges Gefühl.

Dort, auf dem Sessel, saß wieder die gleiche riesige Ratte und starrte ihn mit unheilverkündenden Augen an.

Instinktiv nahm er den nächstbesten Gegenstand, eine Logarithmentafel, zur Hand und schleuderte sie nach ihr. Er zielte schlecht, und die Ratte blieb regungslos sitzen. Wieder nahm er den Feuerhaken und ging damit auf sie los, und wieder entzog sich das Tier der Verfolgung und kletterte das Seil der Sturmglocke hinauf. Und seltsamerweise begann der Lärm des ganzen Rattenvolkes in dem Augenblick von neuem, als diese Ratte verschwunden war. Auch diesmal konnte Malcolmson nicht sehen, wohin sie geflüchtet war, weil das Feuer zu sehr heruntergebrannt war.

Als er auf seine Uhr sah, merkte er, dass es fast Mitternacht war. Er fand das alles recht amüsant, legte Holz nach und machte sich Tee. Er hatte sehr viel gearbeitet und gönnte sich eine Zigarette. Und dabei fiel ihm ein, dass er gerne gewusst hätte, wohin die Ratte verschwunden war; er gedachte, am folgenden Tag eine Rattenfalle aufzustellen. Er zündete also eine zweite Lampe an und stellte sie so, dass die rechte Wandecke am Kamin erhellt wurde. Nun legte er alle Bücher so zurecht, dass er sie auf das Ungeziefer werfen konnte. Dann legte er das Ende des Seiles zur Sturmglocke unter die Lampe auf den Tisch. Dabei fiel ihm auf, wie geschmeidig das Seil war, besonders in Anbetracht seiner Stärke und der Tatsache, dass es nie benutzt wurde. ›Damit könnte man jemanden aufhängen‹, dachte er. Nachdem er seine Vorbereitungen getroffen hatte, blickte er sich um und sagte zufrieden:

»So, mein Freundchen, nun werden wir wohl etwas über dich in Erfahrung bringen!« Er machte sich wieder an seine Arbeit und war bald in seinen Problemen versunken.

Aber wiederum wurde er sich seiner Umgebung ganz plötzlich bewusst. Diesmal war es vielleicht nicht nur die plötzliche Stille, die ihn aufhorchen ließ; das Seil bewegte sich ein klein wenig und mit ihm die Lampe. Ohne sich zu regen, prüfte er mit einem Blick, ob die Bücher alle griffbereit dalagen, und sah dann das Seil hinauf. Noch während er es anschaute, rutschte die große Ratte daran herunter, setzte sich auf den Eichensessel und starrte ihn an.

Er nahm ein Buch in die erhobene Rechte, zielte vorsichtig und schleuderte es nach dem Tier. Mit einer raschen Bewegung jedoch sprang es zur Seite und entkam. Er nahm ein zweites und dann ein drittes Buch und schleuderte sie nach der Ratte, aber er hatte keinen Erfolg damit. Zuletzt, als er gerade stillstand, ein Buch in der Hand, das er nach ihr werfen wollte, quietschte sie und schien sich zu fürchten. Das stachelte Malcolmson nur noch mehr an, das Buch flog durch die Luft und klatschte auf die Ratte. Sie stieß ein angsterfülltes Quietschen aus, warf ihrem Verfolger einen hasserfüllten Blick zu, rannte am Sesselrücken hinauf, tat einen großen Sprung nach dem Seil und glitt blitzschnell an ihm in die Höhe. Malcolmson sah ihr nach, und im Schein der Lampe beobachtete er, wie sie in dem Loch eines großen Bildes verschwand, auf dem man wegen der darüberliegenden Schmutzschicht nichts erkennen konnte.

»Na, morgen früh werde ich mir die Wohnung meines Freundes einmal ansehen«, sagte der Student, während er seine Bücher aufsammelte. »Das dritte Bild vom Kamin; ich werd mir's merken.«

Er hob seine Bücher auf. Die mathematischen hatten der Ratte offenbar nichts ausgemacht. Aber dann kam er an das Buch, das getroffen hatte. Und dabei fuhr er zusammen. Er murmelte: »Die Bibel, die meine Mutter mir gegeben hat! Wie merkwürdig!«

Er setzte sich wieder an die Arbeit, und die Ratten begannen erneut mit ihrem Getrippel. Irgendwie störten sie ihn gar nicht mehr, ja sie leisteten ihm sozusagen Gesellschaft. Doch er konnte sich nicht in seine Arbeit vertiefen; nach dem vergeblichen Versuch, das Problem, das ihn beschäftigte, zu meistern, gab er verzweifelt auf. Als die ersten Strahlen der Morgendämmerung im Osten ins Fenster fielen, legte er sich zu Bett.

Er schlief tief, träumte aber viel. Als Mrs Dempster ihn am späten Morgen weckte, fühlte er sich nicht sehr wohl und wusste zunächst gar nicht, wo er war. Von seiner ersten Bitte zeigte sich die Putzfrau überrascht.

»Mrs Dempster, wenn ich fort bin, nehmen Sie bitte die Leiter und stauben oder waschen Sie diese Bilder ab – besonders das dritte vom Kamin aus; ich möchte sie mir genau ansehen.«

Draußen auf dem schattigen Spaziergang las Malcolmson am späten Nachmittag vergnügt wie am vorigen Tag und war mit seiner Arbeit zufrieden. So zufrieden, dass er in bester Stimmung Mrs Witham einen Besuch abstattete. Im Wohnzimmer wurde ihm ein gewisser Dr. Thornhill vorgestellt. Mrs Witham war recht verlegen, und das bewies ihm, dass er nicht zufällig anwesend war. Darum sagte er ohne Umschweife:

»Dr. Thornhill, es wird mir ein Vergnügen sein, alle Ihre Fragen zu beantworten, wenn Sie mir eine einzige zuerst beantworten wollen.«

Der Doktor schien überrascht zu sein, aber er lächelte und antwortete sogleich: »Gut – stellen Sie sie.«

»Hat Mrs Witham Sie hierhergebeten, um mir Ratschläge zu erteilen?«

Einen Augenblick lang war Dr. Thornhill sehr bestürzt, und Mrs Witham errötete und wandte ihr Gesicht ab. Aber Dr. Thornhill war ein offener Mensch und antwortete sogleich und ganz ehrlich:

»Ja – aber Sie sollten es nicht wissen. Mrs Witham hat mir gesagt, sie hätte es gar nicht gerne, dass Sie allein in dem Haus seien, und auch, dass Sie zu viel starken Tee tränken. Ja, sie hat mich gebeten, Ihnen zu raten, wenn irgend möglich, Tee und spätes Schlafengehen aufzugeben. Ich war auch einmal ein lernbegieriger Student, und ich hoffe, ich darf mir daher als Akademiker gestatten, Ihnen, ohne Sie zu beleidigen, einen Rat zu geben.«

Malcolmson streckte ihm lächelnd die Hand entgegen. »Vielen Dank für Ihre Freundlichkeit. Ich will sie erwidern: Ich verspreche, keinen so starken Tee mehr zu trinken – oder gar keinen, bis Sie es mir wieder erlauben. Und heute Nacht werde ich spätestens um ein Uhr zu Bett gehen. Reicht das?«

»Großartig«, sagte Dr. Thornhill. »Und jetzt erzählen Sie uns alles, was Sie in dem Haus bemerkt haben.«

Malcolmson berichtete genau über die beiden letzten Nächte. Mrs Witham unterbrach ihn von Zeit zu Zeit, aber erst als er die Geschichte von der Bibel erzählte, machten sich ihre Gefühle in einem Schrei Luft. Dr. Thornhill wurde immer ernster und fragte zuletzt:

»Lief die Ratte immer am Seil der Sturmglocke hinauf?«

»Immer.«

»Sie wissen doch wohl«, sagte der Doktor, »was das für ein Seil ist?«

»Nein!«

»Das«, sagte Dr. Thornhill langsam, »ist der Strick, den der Henker für alle Opfer des Richters benutzt hat!«

Wiederum schrie Mrs Witham auf und musste beruhigt werden. Noch ehe sie sich erholt hatte, war Malcolmson gegangen, da es Essenszeit für ihn war.

Kaum hatte sich Mrs Witham wieder gefasst, überhäufte sie Dr. Thornhill mit zornigen Fragen, warum er dem jungen Mann solch grausige Ideen in den Kopf gesetzt hätte.

»Damit, meine Liebe, habe ich ein bestimmtes Ziel verfolgt. Ich wollte seine Aufmerksamkeit auf das Seil lenken. Er soll darauf aufpassen. Vielleicht ist er sehr überarbeitet, obwohl er den Eindruck eines körperlich und geistig kerngesunden jungen Mannes macht. Aber die Ratten … und diese Idee mit dem Teufel …! Ich hätte ihm ja angeboten, eine Nacht bei ihm zu bleiben, aber das wäre wohl eine Beleidigung gewesen. Vielleicht bekommt er in der Nacht einen großen Schrecken oder hat Visionen: Dann soll er an dem Seil ziehen. Wir würden es hören und könnten ihm vielleicht helfen. Ich werde heute Nacht lange aufbleiben und die Ohren spitzen. Regen Sie sich nicht auf, wenn es noch vor Morgengrauen eine Überraschung in Benchurch gibt!«

»Was meinen Sie damit, Doktor?«

»Nur das: Vielleicht, ja wahrscheinlich werden wir heute Nacht die Sturmglocke auf dem Hause des Richters zu hören bekommen.«

Als Malcolmson nach Hause kam, war es etwas später als sonst, und Mrs Dempster war schon gegangen. Er freute sich, dass alles so ordentlich und gemütlich aussah. Es war kälter als üblich für April, und ein heftiger Wind wehte, dessen Stärke derart zunahm, dass man für die Nacht mit einem Sturm rechnen musste. Für kurze Zeit hörte das Geräusch der Ratten bei seinem Eintritt auf; aber sobald sie sich an seine Anwesenheit gewöhnt hatten, begann es wieder. Er war froh, sie zu hören, und empfand sie wieder als tröstliche Gesellschaft; aber er dachte daran, wie seltsam es sei, dass sie gleich ruhig wurden, wenn die große Ratte mit den unheilverheißenden Augen sich zeigte. Nur die Leselampe war angezündet. Malcolmson verzehrte mit gutem Appetit und sehr vergnügt sein Abendessen. Danach versenkte er sich in seine Arbeit, entschlossen, sich von nichts ablenken zu lassen, und eingedenk des Versprechens, das er dem Doktor gegeben hatte. Er wollte die Zeit ausnutzen.

Während etwas über einer Stunde arbeitete er sehr gut, dann fingen seine Gedanken an zu wandern. Aus dem Wind war inzwischen ein Sturm geworden, und obwohl das alte Haus gut gebaut war, schien es auf seinen Grundmauern zu schwanken. Das Rauschen des Sturmes in den vielen Schornsteinen und um die alten Giebel herum erfüllte die leeren Zimmer und Gänge mit seltsamen, unheimlichen Geräuschen. Selbst die große Sturmglocke auf dem Dach fühlte wohl den Sturm, denn das geschmeidige Seil bewegte sich ein wenig hin und her, als ob die Glocke schwankte, und schlug mit einem harten, hohlen Laut gegen den Boden.

Dabei fielen Malcolmson die Worte Dr. Thornhills ein. »Es ist der Strick, den der Henker für die

Opfer des Richters benutzt hat.« Er ging in die Ecke zum Kamin und nahm ihn in die Hand, um ihn zu betrachten. Einen Augenblick lang überlegte er, wer wohl diese Opfer waren, und dachte an den grässlichen Wunsch des Richters, dieses grausige Stück immer vor Augen zu haben. Noch immer bewegte sich das Seil leise hin und her, aber plötzlich spürte Malcolmson etwas anderes: Das Seil zitterte.

Malcolmson blickte instinktiv auf und sah die große Ratte langsam auf ihn zugleiten. Sie starrte ihn an. Er ließ den Strick los und fluchte, und die Ratte rannte wieder hinauf und verschwand. Im selben Augenblick merkte Malcolmson, dass der Lärm der Ratten, der kurz aufgehört hatte, wieder begann.

Er hing seinen Gedanken nach und erinnerte sich, dass er dem Unterschlupf der Ratte nicht nachgeforscht und die Bilder nicht untersucht hatte. Er zündete die schirmlose Lampe an, hielt sie hoch und stellte sich vor das dritte Bild rechts vom Kamin.

Sowie er es betrachtete, erschrak er so sehr, dass ihm die Lampe fast entfallen wäre. Seine Knie wankten, große Schweißtropfen traten auf seine Stirn, und er zitterte wie Espenlaub. Aber er nahm sich zusammen und hob die Lampe in die Höhe.

Das Bild zeigte einen Richter in Scharlachrot und Hermelin. Sein Gesicht war hart und gnadenlos, und die rote Hakennase sah aus wie der Schnabel eines Raubvogels. Der Rest war leichenblass. Die Augen glitzerten mit einem bösen Ausdruck. Als Malcolmson sie betrachtete, lief es ihm kalt über den Rücken: Sie waren das genaue Gegenstück zu den Augen der großen Ratte. Beinahe wäre ihm die Lampe entfallen: Denn aus einem Loch in der Ecke des Bildes starrten ihn die unheilverheißenden Augen der Ratte an, und er merkte plötzlich, dass die anderen Tiere aufgehört hatten, Lärm zu machen. Er nahm sich jedoch zusammen und fuhr mit der aufmerksamen Betrachtung des Bildes fort.

Der Richter saß auf einem großen, geschnitzten Eichensessel mit hoher Rückenlehne rechts von einem großen steinernen Kamin, und in einer Ecke hing ein Seil von der Decke, dessen Ende auf dem Boden zusammengerollt war. Voll Entsetzen erkannte Malcolmson den Raum und drehte sich schaudernd um, als erwarte er, etwas Seltsames, Entsetzliches hinter sich zu finden. Dann blickte er nach der Kaminecke – und mit einem Schrei ließ er die Lampe zu Boden fallen.

Dort, auf dem Sessel des Richters, saß die Ratte. Das Seil hing hinter ihr, und sie hatte die unheilbringenden Augen des Richters. Nichts war zu hören außer dem Heulen des Sturmes draußen.

Die heruntergefallene Lampe brachte Malcolmson wieder zu Sinnen. Zum Glück war sie aus Metall, so dass kein Öl verschüttet worden war. Die Notwendigkeit, sich um die Lampe zu kümmern, beruhigte Malcolmsons Nerven. Er dachte einen Augenblick nach.

»So geht es nicht weiter«, sagte er zu sich selbst. »Wenn ich so weitermache, werde ich verrückt. Ich habe dem Doktor versprochen, keinen Tee mehr zu trinken. Wie recht er hatte! Meine Nerven müssen in einem schönen Zustand sein! Komisch, dass ich es gar nicht gemerkt habe. Na, ich werde mich nicht wieder so närrisch benehmen.«

Dann goß er sich eine kräftige Mischung von Cognac und Wasser ein und machte sich energisch wieder an die Arbeit.

Fast eine Stunde war vergangen, ehe er von seinem Buch aufblickte, weil ihn die plötzliche Stille störte. Draußen heulte der Wind noch stärker als vorher, der Regen klatschte wie Hagel an die Fenster; aber drinnen war nichts zu hören außer dem Echo des Windes im Schornstein. Das Feuer war niedergebrannt, keine Flamme züngelte, aber ein roter Schein ging von ihm aus. Malcolmson lauschte aufmerksam und hörte bald ein ganz schwaches, quietschendes Geräusch. Es kam aus der Ecke, in der das Seil hing, und er hielt es für das Rascheln des Stricks am Boden, das von der Bewegung der Glocke käme. Aber dann sah er im düsteren Licht, dass die große Ratte sich an das Seil geklammert hatte und daran nagte. Sie hatte es schon fast durchgenagt – er konnte es genau sehen. Und noch während sein Blick darauf gerichtet war, hatte die Ratte ihr Werk vollendet: Das abgenagte Ende des Seiles fiel krachend zu Boden, während das Tier selbst wie ein Knauf am anderen Ende hängen blieb, das nun hin und her zu schwingen begann. Eine Sekunde lang spürte Malcolmson wieder den Schrecken, als er daran dachte, dass er nun niemand mehr zu Hilfe rufen könnte; aber dann erfüllte ihn ein wütender Ärger, und er schleuderte das Buch, in dem er gelesen hatte, nach der Ratte.

Er hatte gut gezielt, aber noch ehe das Geschoß treffen konnte, ließ sich die Ratte mit dumpfem Aufschlag zu Boden fallen. Malcolmson stürzte auf sie zu, aber das Tier entwich und verschwand in der Dunkelheit. Überzeugt, dass er doch nicht mehr arbeiten könnte, beschloss Malcolmson, auf die Jagd nach der Ratte zu gehen, und nahm den Lampenschirm ab, um mehr Licht zu haben. Nun sah er das dritte Bild rechts vom Kamin ganz klar.

In der Mitte des Bildes war ein großer, unregelmäßiger Flecken brauner Leinwand, so frisch, als sei sie gerade in den Rahmen gespannt worden. Der Hintergrund war unverändert – mit dem Sessel, der

Kaminecke und dem Seil; nur die Gestalt des Richters war verschwunden.

Fast starr vor Schrecken wandte Malcolmson sich langsam um, und dann begann er, an allen Gliedern zu zittern. Alle Kraft war von ihm gewichen, er konnte nichts tun, sich nicht bewegen, ja er konnte kaum noch einen Gedanken fassen. Er konnte nur noch sehen und hören.

Da, auf dem großen Eichensessel mit der hohen Rückenlehne, saß der Richter in seiner scharlachroten, hermelinverbrämten Robe, seine unheilbringenden Augen starrten voller Rachsucht, und ein triumphierendes Lächeln lag auf seinem entschlossenen, grausamen Mund, als er mit den Händen seine schwarze Kappe hochhob.

Es war Malcolmson, als strömte alles Blut aus seinem Herzen. In seinen Ohren rauschte es. Von draußen vernahm er das Heulen des Windes, und auf den Flügeln des Sturmes drangen die Töne der großen Dorfglocke auf dem Marktplatz zu ihm: Sie schlug Mitternacht. Das triumphierende Lächeln auf den Lippen des Richters wurde stärker und stärker, und beim letzten Glockenschlag setzte er sich die schwarze Kappe aufs Haupt.

Langsam und bedächtig erhob sich der Richter aus dem Sessel, ergriff das Stück Seil, das auf dem Boden lag, ließ es durch die Hand gleiten, als erfreute ihn die Berührung, und begann dann, das eine Ende zu einer Schlinge zu knoten. Er zog sie an und prüfte sie mit einem Fuß, zog an ihr, bis er damit zufrieden war, und dann hielt er die Laufschlinge in der Hand. Nun bewegte er sich Malcolmson gegenüber am Tisch entlang, ohne seine Augen von ihm zu wenden, und stellte sich mit einer raschen Bewegung vor die Tür. Malcolmson merkte, dass er in eine Falle geraten war, und überlegte, was er machen könnte. Die Augen des Richters hatten eine seltsame Anziehungskraft und zwangen Malcolmson, ihn anzublicken. Der Richter kam näher und näher, hob die Schlinge und schleuderte sie nach ihm, wie um ihn einzufangen. Mit großer Anstrengung machte er eine rasche Bewegung seitwärts, sah das Seil fallen und hörte, wie es den Boden berührte. Und wieder hob der Richter die Schlinge und versuchte, ihn zu fangen, und starrte ihn mit seinen unheilbringenden Augen an, und jedes Mal gelang es Malcolmson, mit großem Kraftaufwand zu entwischen. So ging es weiter, immer von neuem, und nie schien der Richter den Mut zu verlieren oder enttäuscht zu sein. Er spielte wie die Katze mit der Maus. In seiner Verzweiflung sah Malcolmson sich zuletzt ganz schnell um. Die Lampe schien aufgeflammt zu sein, und das Zimmer war ziemlich hell. Aus den vielen Rattenlöchern glitzerten Rattenaugen; und diese Erscheinungen aus Fleisch und Blut beruhigten Malcolmson ein wenig. Er blickte umher und sah, dass das Seil der Sturmglocke mit Ratten beladen war: Immer neue klammerten sich an den Strick, so dass er zuletzt unter ihrem Gewicht anfing, in einer gleichmäßigen Pendelbewegung hin- und herzuschwingen.

Da! Der Strick hatte sich so stark bewegt, dass der Klöppel die Glocke berührte. Zuerst war es nur ein leiser Klang, aber bald würde die Glocke hin- und herschwingen und immer lauter erklingen.

Bei diesem Ton blickte der Richter, der Malcolmson nicht aus den Augen gelassen hatte, auf, und ein wütender, teuflischer Ausdruck verbreitete sich über sein Gesicht. Seine Augen glühten wie Kohlen, und er stampfte mit dem Fuß auf, dass das Haus zu schwanken schien. Er hob wiederum die Schlinge, während die Ratten an dem Seil auf und ab rannten, als dürften sie keine Zeit verlieren. Diesmal warf er das Seil nicht, sondern näherte sich seinem Opfer und hielt die Schlinge offen. Etwas, das Malcolmson erstarren ließ, ging von ihm aus, und er stand regungslos wie ein Toter. Schon fühlte er, wie die eisigen Finger des Richters seinen Hals berührten und das Seil überwarfen. Enger und enger wurde die Schlinge. Dann nahm der Richter den reglosen Körper des Studenten und stellte ihn auf den Eichensessel; er stieg zu ihm hinauf, erhob die Hand und ergriff das schwingende Ende des Seiles zur Sturmglocke.

Bei dieser Bewegung entflohen die Ratten mit Quietschen und verschwanden in einem Loch in der Decke. Er nahm das Ende der Schlinge, die um Malcolmsons Hals lag, und verknüpfte es mit dem Glockenseil: Dann ließ er sich hinuntergleiten und zog den Sessel fort.

Als die Sturmglocke im Hause des Richters ertönte, versammelten sich sogleich viele Menschen. Lichter und Lampen erschienen, und bald machte sich eine schweigende Menge auf den Weg. Sie klopften laut an, bekamen aber keine Antwort. Dann brachen sie die Tür auf und stürzten in das große Speisezimmer, allen voran der Arzt.

Am Ende des Seiles der großen Glocke hing die Leiche des Studenten, und auf dem Gesicht des Richters auf dem Bilde lag ein böses Lächeln.

Die Squaw

Zu jener Zeit war Nürnberg noch nicht so von Touristen überlaufen, wie es heute ist. Irving war noch nicht als *Faust* aufgetreten, und sogar der Name der alten Stadt war der großen Masse der Reisenden kaum bekannt. Da meine Frau und ich bereits die zweite Woche auf der Hochzeitsreise waren, lag uns daran, dass eine dritte Person sich uns anschloss. Als dann jener aufgeräumte Fremde namens Elias P. Hutcheson aus Isthmian City, Bleeding Gulch, Maple Tree District (im Staate Nebraska), am Bahnhof in Frankfurt auftauchte und so nebenbei bemerkte, er sei unterwegs, den garantiert urältesten Methusalem eines Städtchens in Yurrup aufzusuchen, glaube aber, das lange Alleinreisen könnte einen intelligenten, unternehmungslustigen Bürger womöglich noch in die Abteilung für Depressive in einem Irrenhaus treiben, da honorierten wir diesen Wink mit dem Zaunpfahl und schlugen ihm vor, sich uns doch anzuschließen. Etwas später hatten meine Frau und ich Gelegenheit, uns über diesen Entschluss etwas deutlicher auszusprechen – und da fanden wir heraus, dass wir eigentlich etwas kritischer und zögernder hatten antworten wollen, um uns nicht den Anschein zu geben, allzu großes Interesse für den Vorschlag des Fremden zu bekunden. Warf es doch auf unser noch so junges eheliches Leben ein nicht allzu günstiges Licht! Diese Absicht aber war uns gründlich vereitelt worden, da wir beide zur selben Zeit zu reden begonnen hatten; dann schwiegen wir beide zugleich – und sprachen im nächsten Augenblick beide weiter. Gleichviel, es war nun einmal geschehen: Elias P. Hutcheson leistete uns von da an Gesellschaft. Und sogleich enthüllte sich für Amelia und mich ein angenehmer Vorteil: Anstatt uns zu zanken, wie wir das vorher getan, fanden wir den hemmenden Einfluss eines Dritten so groß, dass wir von da an eine jede Gelegenheit wahrnahmen, in allen möglichen Ecken miteinander zu kosen. Amelia erklärt, sie rate seither – gestützt auf diese Erfahrung – all ihren Freundinnen, einen Freund auf die Hochzeitsreise mitzunehmen. Nun, wir ›erledigten‹ Nürnberg zusammen und genossen behaglich die kühnen Bemerkungen unseres Freundes aus Übersee, der seiner seltsamen Sprechweise und den wunderbaren Abenteuergeschichten nach, die er ständig von sich gab, geradewegs einem Roman hätte entsprungen sein können. Als letzte Sehenswürdigkeit der Stadt hatten wir uns die Burg aufgehoben. Und so spazierten wir denn an dem dafür vorgesehenen Tag der östlichen Außenseite der Stadtmauer entlang.

Die Burg thront auf einem die Stadt überragenden Felsen, und ein unerhört tiefer Graben schirmt sie auf der Nordseite ab. Nürnberg hat das große Glück gehabt, dass es nie geplündert und gebrandschatzt wurde; denn sonst wäre diese Stadt heute nicht so blitzsauber und perfekt. Der Graben hat seit Jahrhunderten seine eigentliche Aufgabe nicht mehr erfüllen müssen, so dass sich jetzt hier Gartenlokale und Obstkulturen breitmachen, und ein paar der Bäume haben eine bemerkenswerte Höhe erreicht. Als wir so der Mauer entlangbummelten, die in der heißen Julisonne dalag, mussten wir immer wieder stehen bleiben und die prachtvolle Aussicht bewundern – die herrliche weite Ebene, wie besät mit Städten und Dörfern bis zum Horizont, der von einer blauen Hügelkette abgeschlossen wurde –; man wurde an ein Bild von Claude Lorrain erinnert. Und dann drehten wir uns mit noch größerem Entzücken dem Blick auf die Stadt zu, mit ihren Tausenden von malerischen alten Dachgiebeln und dem Meer von roten Ziegeldächern, aus dem sich in ganzen Reihen die Fensterluken abhoben. Rechts von uns stiegen die Türme der Burg in den Himmel, uns am nächsten drohte der Folterturm, wohl schon immer die interessanteste Sehenswürdigkeit der ganzen Stadt. Seit Jahrhunderten hat die Eiserne Jungfrau von Nürnberg als Beispiel des Schreckens und der Grausamkeit gegolten, deren der Mensch fähig ist; lange schon hatten wir uns danach gesehnt, diese Eiserne Jungfrau zu sehen. Da also befand sie sich.

Während einer Rastpause lehnten wir uns über die Mauer und blickten hinunter. Der Garten befand sich gut und gern zwanzig Meter unter uns, und die Sonne brannte mit einer regelrechten Ofenhitze darauf. Und darüber erhob sich die furchteinflößende graue Mauer von scheinbar nicht enden wollender Höhe, die sich nach rechts und links in den Winkeln von Bastion und Böschung des Festungsgrabens verlor. Bäume und Sträucher krönten den Wall, und darüber wiederum stiegen die kühnen Bauten der Burg in den Himmel, deren massive Schönheit durch ihr Alter noch unterstrichen wird. Direkt unter uns sahen wir etwas Niedliches: eine riesige schwarze Katze lag ausgestreckt in der Mittagssonne da, und um sie herum tollte graziös ein winziges junges, ebenso schwarzes Kätzchen. Die Mutter bewegte ständig ihren Schwanz hin und her, damit das Junge etwas zum Spielen habe; dann wieder stieß sie das Kätzchen mit ihren Pfoten von sich, um es zu weiterem Spiel zu ermuntern. Sie befanden sich beide direkt am Fuße der Mauer, und Elias P. Hutcheson wollte zu diesem Spiel beitragen, indem er einen Kieselstein mittlerer Größe vom Spazierweg aufhob.

»Sehen Sie mal her«, sagte er, »ich lasse den Stein nun neben das Kätzchen fallen, und die beiden werden sich fragen, wo er herkam.«

»Ach, passen Sie aber doch ja auf«, mischte sich meine Frau ein, »Sie könnten das Kleine treffen!«

»Ach wo, gnädige Frau«, gab Elias P. zurück. »Na, ich bin so empfindlich wie ein Kirschbäumchen aus Maine. Aber nein doch! Ich würde dem kleinen Tierchen so wenig etwas zuleide tun, als ich ein hilfloses Menschenkind skalpieren würde! Und darauf können Sie Ihre farbigen Strümpfe wetten! Sehen Sie nur, ich werfe den Stein möglichst weit außer Reichweite der beiden, damit nichts passiert!«

Und während er das sagte, lehnte er sich über die Brüstung, hielt seinen Arm so weit hinaus wie nur möglich und ließ den Stein fallen. Nun ist es möglich, dass eine gewisse Anziehungskraft besteht, die kleinere Dinge zu den größeren hinzieht; es ist auch möglich, dass die Wand nicht genau senkrecht war, sondern an der Basis etwas breiter – was wir von oben jedoch nicht sehen konnten. Jedenfalls fiel der

Stein mit einem ekelerregenden Geräusch – wir konnten das deutlich vernehmen – direkt auf den Kopf des Kätzchens und verspritzte dessen Gehirn nach allen Richtungen. Die schwarze Katze warf einen blitzschnellen Blick zu uns herauf und fasste Elias P. Hutcheson genau ins Auge, wobei ihre Augen wie in grünem Feuer leuchteten. Dann aber wandte sie ihre Aufmerksamkeit ihrem Jungen zu, das mit noch zuckenden Gliedern dalag, während sein Blut in einem dünnen roten Faden aus der klaffenden Wunde floss. Mit einem unterdrückten kleinen Schrei, als sei sie ein menschliches Wesen, beugte sich die Katzenmutter über ihr Junges und leckte seine Wunde, wobei sie jammernde Laute von sich gab. Plötzlich schien ihr bewusst zu werden, dass ihr Junges tot war. Und da schaute sie noch einmal zu uns herauf. Nie werde ich diesen Blick vergessen können: Er verkörperte absoluten tödlichen Hass. Ihre grünen Augen blitzten in düsterem Feuer, und ihre weißen, scharfen Zähne blitzten durch das Blut, mit dem sie ihr Maul und ihren Schnurrbart besudelt hatte. Sie knirschte mit den Zähnen, und die Krallen an allen vier Pfoten waren in ihrer ganzen Länge deutlich zu erkennen. Und dann rannte sie wild an der Mauer hoch, als wollte sie an uns herankommen, doch als der Anlauf verebbte, fiel sie zurück, was ihr Aussehen noch entsetzlicher gestaltete, denn sie fiel genau auf das Kätzchen, so dass ihr schwarzes Fell von dem Blut und dem Hirn des toten Jungen beschmiert wurde. Amelia fiel in eine tiefe Ohnmacht, so dass ich sie von der Mauer herabheben musste. Gleich bei uns stand ein Stuhl im Schatten einer Platane. Dort setzte ich sie hin, und sie kam wieder zu sich. Dann begab ich mich zu Hutcheson zurück, der bewegungslos dastand und auf die wütende Katze hinabschaute. Als ich zu ihm trat, sagte er:

»*Well*, das ist so ziemlich das wildeste Biest, das ich je gesehen habe – mit Ausnahme jener indianischen Squaw vom Stamm der Apachen. Die hatte es auf ein Halbblut abgesehen, das man ›Schächter‹ nannte – wegen der Art und Weise, in der es ihr Kind zugerichtet hatte, das es bei einem Überfall auf das Indianerdorf gestohlen hatte. Und das tat es, um seine Mutter zu rächen, die von den Indianern mit Feuerbränden gefoltert und umgebracht worden war. Diese Apachen-Squaw schaute genauso drein, und zwar ständig. Sie spürte Schächter über drei Jahre lang nach, bis ihn schließlich die Bravados erwischten und ihr auslieferten. Und jene Kerle haben behauptet, sie hätten nie einen Mann – sei er Weißer oder Indianer gewesen – so langsam und so qualvoll sterben gesehen. Die Apachen hätten ihn auf furchtbare Weise zu Tode gemartert. Das einzige Mal, dass ich jene Squaw lächeln sah, war damals, als ich sie erledigte. Kam gerade zurecht, den Schächter in jenem Lager den Geist aufgeben zu sehen, und wie gern der starb! Er war ein harter Bursche, und obgleich ich es seit jener Geschichte mit dem Indianerkind nie mehr über mich gebracht hatte, ihm die Hand zu geben – es war ja auch eine bitterböse Gemeinheit, was er damals tat, obschon er aussah wie ein Weißer und sich auch entsprechend hätte benehmen sollen –, musste ich zugeben: Er war mit gleicher Münze bezahlt worden. Verdammt noch mal, ich nahm mir ein großes Stück von seiner Haut, die an einem Schandpfahl hing, und hab mir dann daraus eine Geldtasche anfertigen lassen! Da hab ich sie bei mir!«

Und mit diesen Worten schlug er sich mit der Hand auf die Brusttasche seiner Jacke.

Die ganze Zeit, während er erzählt hatte, versuchte die Katze an der Mauer herauf an ihn heranzukommen. Sie nahm dabei jedes Mal einen Anlauf und gelangte auch wirklich ein großes Stück die Mauer herauf. Und es schien ihr nichts auszumachen, dass sie nach jedem Versuch einen schweren Fall tat, denn sie versuchte es mit erneuter Wut immer wieder. Und nach jedem Fall sah sie schrecklicher aus. Hutcheson war ein gutartiger Mann – meine Frau und ich hatten wiederholt beobachten können, wie nett er zu Tieren und Menschen sein konnte –, und der Zustand ohnmächtiger Wut, in den die Katze sich hineingesteigert hatte, schien ihm ernstlich zu denken zu geben.

»Nununu! Ich muss schon sagen, das arme Tier scheint wirklich verzweifelt zu sein! Beruhige dich doch, du armes Ding! Es war doch nur ein Unfall – zwar bringt dir das dein Kleines nicht wieder zum Leben. Sieh! Ich würde so etwas doch nie absichtlich tun! Das zeigt wieder mal, was für ein linkischer Tropf ein Mann sein kann, wenn er spielen möchte! Scheint, als sei ich nicht mal imstand, mit einer Katz zu spielen, wenn mir die Hand derart ausrutscht! Sie, Herr Oberst!« – er hatte eine gewinnende Art, den Leuten freigebig Titel zu verleihen – »Ich hoffe doch, Ihre Frau ist mir nicht bös wegen dieses unangenehmen Zwischenfalls? Ich gäbe alles darum, wenn ich ihn ungeschehen machen könnt!«

Dann kam er zu meiner Frau herüber und entschuldigte sich überschwänglich, und sie in der ihr üblichen Herzensgüte beeilte sich, ihm zu versichern, sie verstehe das alles durchaus und dass es sicherlich ein unglücklicher Zufall gewesen sei. Und dann traten wir alle wieder zur Mauer und schauten hinunter.

Da es der Katze nicht gelungen war, Hutcheson

ins Gesicht zu springen, war sie auf die andere Seite des Grabens gegangen, wo sie sich sprungbereit hingesetzt hatte; und wirklich: In demselben Augenblick, als sie Hutchesons wieder ansichtig wurde, sprang sie tatsächlich, und das mit einer blinden, unvernünftigen Wut, die lächerlich gewirkt hätte, wäre sie nicht so schrecklich echt gewesen. Sie versuchte diesmal nicht, die Mauer hochzukommen, sondern sprang durch die Luft auf Hutcheson zu, als könnten der Hass und die Wut ihr Flügel verleihen, mit denen sie die große Distanz zwischen ihnen zu überbrücken vermöchte. Amelia, wieder einmal ganz fraulich, wurde sehr ernst und sagte zu Elias P. mit warnender Stimme:

»Oh, Sie müssen aber sehr, sehr vorsichtig sein! Dieses Tier würde ohne weiteres versuchen, Sie zu töten, wenn es an Sie herankönnte! In seinen Augen steht Mord!«

Er aber lachte gutmütig dazu:

»'tschuldigen Sie, Madam, aber nun muss ich wirklich lächeln. Ich, der Mann, der gegen Grizzlybären und Indianer gekämpft hat, soll mich davor in Acht nehmen, dass ich nicht von einer Katz ermordet werde!«

Als die Katze ihn lachen hörte, änderte sich ihr Benehmen schlagartig. Sie versuchte überhaupt nicht mehr, die Mauer hochzuspringen oder zu laufen, sondern sie schlich still zu ihrem toten Jungen hinüber, setzte sich zu ihm und leckte und säuberte es, als wäre es noch am Leben.

»Da siehst du's wieder einmal!«, sagte ich. »Das ist die Wirkung eines wirklich willensstarken Menschen. Sogar dieses Tier in seiner aufgepeitschten Wut erkennt die Stimme seines Meisters und beugt sich vor ihm!«

»Wie 'ne Squaw!«, war alles, was Elias P. dazu zu sagen hatte, als wir nun auf unserem Spaziergang dem Stadtwall entlang weitergingen. Immer wieder schauten wir dabei über die Mauer hinunter – und konnten jedes Mal bemerken, dass die Katze uns im Graben unten verfolgte. Anfangs war sie ständig zu ihrem toten Jungen zurückgelaufen; dann jedoch, als ihr die Entfernung zu groß wurde, hatte sie ihr totes Junges mit dem Maul gepackt und schleppte es mit sich. Nach einiger Zeit aber musste sie es doch fallen gelassen haben, denn nun folgte sie uns allein; offenbar hatte sie die kleine Leiche irgendwo versteckt. Amelias Angst wurde immer größer, je länger sie sich von der Hartnäckigkeit der Katze überzeugen konnte, und sie gab dieser Angst durch wiederholte Warnungen Ausdruck. Der Amerikaner aber lachte belustigt darüber. Schließlich, als er sah, dass sie sich ernstlich Sorgen zu machen schien, tröstete er sie mit den Worten:

»Also hören Sie, gnädige Frau, Sie müssen sich wegen dieser Katz wirklich keine Sorgen machen! Ich bin nämlich bewaffnet, verstehen Sie!« Und mit diesen Worten tätschelte er seine Pistolentasche an der Hüfte. »Also wirklich! Ehe Sie sich meinetwegen Sorgen machen müssen, hab ich das Biest schon erschossen, wenn's sein muss jetzt und hier, auf die Gefahr hin, dass die Polizei sich in die Angelegenheiten eines amerikanischen Staatsbürgers einmischt und ihn wegen Waffenbesitz, was ja gegen die Vorschrift ist, bestraft!«

Noch während er sprach, blickte er über die Mauer hinunter, und im Moment, als die Katze ihn erblickte, verzog sie sich knurrend in ein Blumenbeet, um sich seinem Blick zu entziehen. Elias P. fuhr weiter:

»Ich will gesegnet sein, wenn das Biest dort nicht mehr Sinn und Verstand dafür hat, was gut für es ist, als ein Christ! Ich rechne, wir haben sie zum letzten Mal gesehen. Wetten, jetzt geht sie zum kaputten Jungen zurück und beerdigt es ganz allein!«

Amelia wollte nicht mehr darüber reden, aus Angst, er könnte seine Drohung doch noch wahr machen und die Katze erschießen. So gingen wir denn unseres Weges weiter und schritten über die kleine hölzerne Fallbrücke, von der aus ein steiler, gepflasterter Weg von der Burg zum fünfeckigen

Folterturm führte. Beim Überqueren der Brücke sahen wir plötzlich die Katze wieder unter uns. Kaum hatte sie uns erblickt, schien sich ihre Wut zu erneuern, und sie machte gewaltige Anstrengungen, über die steile Mauer an uns heranzukommen. Hutcheson sah lachend hinunter und sagte:

»Ade, alte Dame. Tut mir leid, dass ich deine Gefühle verletzt habe, aber du wirst schon darüber hinwegkommen! Auf Nimmerwiedersehn!«

Und dann schritten wir auch schon durch den langen, düsteren Bogengang, nach welchem wir das Burgtor erreichten.

Als wir nach der Besichtigung dieses herrlichen alten Gebäudes – das nicht einmal die gutgemeinten Anstrengungen der Gotik-Restaurateure vor vierzig Jahren zu beschädigen vermochten, obgleich das Gebäude nach seiner Restauration in grellem Weiß dastand – wieder ins Freie kamen, hatten wir die unangenehme Episode längst vergessen. Der alte Lindenbaum mit seinem von neun Jahrhunderten gezeichneten Stamm, der tiefe Ziehbrunnen, der einst von den Gefangenen dieser Burg aus dem harten Fels herausgehauen worden war, sowie die herrliche Aussicht von der Stadtmauer, auf welcher wir, fast eine Viertelstunde lang, die unzähligen Glocken der Stadt bimmeln hörten, all das hatte mitgeholfen, den Zwischenfall mit dem erschlagenen Kätzchen aus unserem Gedächtnis zu verwischen. Wir waren an jenem Morgen die einzigen Besucher des Folterturmes – wenigstens behauptete das der alte Wächter –, und da wir also das ganze Gebäude sozusagen für uns allein hatten, vermochten wir einen genaueren und befriedigenderen Überblick zu gewinnen, als das sonst der Fall gewesen wäre. Der Wächter, der in uns seine einzige Einnahmequelle des Tages sehen musste, war darum bereit, uns in jeder Weise entgegenzukommen. Dieser Folterturm ist in der Tat ein finsteres Gebäude, auch heute noch, wo die vielen Tausenden von Besuchern einen Strom von Leben und Lebensfreude, die dazugehört, an diesen Ort gebracht haben.

Doch zu jener Zeit, von der hier die Rede ist, sah der Turm besonders finster und grausig aus. Der Staub der Jahrhunderte schien sich überall niedergelassen zu haben, und die Dunkelheit und das Entsetzen beim Gedanken an das, was hier einst geschah, wurden so spürbar, dass auch die pantheistische Seele von Spinoza oder Philo damit zufrieden gewesen wäre. Das untere Verlies, in das wir als Erstes eintraten, schien in seinem normalen Zustand in konstantes Dunkel getaucht; sogar das durch die Tür hereinströmende Sonnenlicht wurde sozusagen von den dicken Mauern verschluckt. Man konnte gerade noch knapp die Maurerarbeit erkennen, als wäre eben erst das Gerüst entfernt worden. Und alles war mit grauem Staub bedeckt, und da und dort zeigten sich dunkle Flecken, die – könnten Mauern sprechen – entsetzliche Erinnerungen an Furcht und Schmerzen hätten von sich geben können. Wir gingen ganz gern die staubige Holztreppe zum nächsten Stockwerk hinauf, wobei der Wächter die Eingangstür offen ließ, damit wir doch wenigstens den Weg zu finden vermöchten; denn unsere Augen hatten an der einen blakenden Kerze, die als Wandleuchte einen übelriechenden Schein von sich gab, wenig Hilfe. Als wir nun durch die offene Falltür in der einen Ecke des Verlieses heraufkamen, klammerte sich Amelia so eng an mich, dass ich ihren Herzschlag zu spüren vermochte. Wenn ich ehrlich sein soll, muss ich gestehen, dass mich ihre Angst nicht in Erstaunen versetzte, denn dieser obere Raum war noch grausiger als der darunterliegende. Gewiss, hier war es etwas heller, aber doch bloß um so viel, dass wir die schrecklichen Einzelheiten dieses Ortes genauer erkennen konnten. Die Erbauer des Turms hatten offensichtlich beabsichtigt, dass nur die Menschen zuoberst das Tageslicht genießen sollten. Dort oben gab es – wie wir von außen hatten feststellen können – ganze Reihen von Fenstern, von mittelalterlicher Enge zwar. Doch überall sonst an diesem Turm gab es bloß schmale Schießscharten, wie sie im Mittelalter zur Verteidigung üblich waren. Und hier nun gaben einige wenige davon spärliches Licht, und dazu befanden sie sich so hoch oben an den Wänden, dass man von keiner Stelle des Raumes aus das Tageslicht oder den Himmel sehen konnte, weil die Mauern so dick waren. In Gestellen oder auch einfach unordentlich an den Wänden lehnend, fanden sich Richtschwerter, große Zweihänder mit breiter Klinge und scharfen Schneiden. Dicht daneben gab es verschiedene Holzblöcke zu sehen, auf welche die Verurteilten ihren Kopf hatten legen müssen. In den Holzblöcken ließen sich tiefe Kerben feststellen, dort, wo das Schwert hineingesaust war, nachdem es den Kopf abgetrennt hatte. Im ganzen Raum verstreut sahen wir allerlei Folterinstrumente, bei deren Anblick das Herz sich verkrampfte – Stühle mit scharfen Nägeln darin, die augenblicklich die schrecklichsten Schmerzen verursachen mussten; Liegebetten und Stühle mit stumpfen Höckern, die auf den ersten Blick weniger qualbereitend aussahen, die jedoch mit der Zeit bestimmt nicht weniger schmerzhaft wirkten; Streckmechanismen, Eisengürtel, Stiefel, Handschuhe, Kragen, alle zum Einschnüren konstruiert; Körbe aus Stahl, in denen der Kopf des Gefolterten langsam zermalmt werden konnte, bis nur noch eine breiige Masse übrig blieb;

sogenannte Wächterhaken mit langem Griff und scharfer Klinge, die durch jeden Widerstand zu schneiden vermochte – es ist dies eine alte Nürnberger Spezialität der Polizeitruppe; schließlich eine Unzahl von andern Folterinstrumenten, mit denen der Mensch den Menschen quälen konnte. Amelia war leichenblass geworden beim Gedanken an all das Entsetzen, fiel aber, Gott sei Dank, nicht in Ohnmacht. Sie setzte sich in einen Folterstuhl, sprang aber mit einem Schrei des Entsetzens wieder auf. Nun hatte sie keine Lust mehr, in Ohnmacht zu fallen. Wir beide gaben vor zu glauben, sie habe wegen der Beschädigung ihres Kleides durch den Staub und den Rost auf dem Stuhl so geschrien. Mr Hutcheson quittierte diese meine Erklärung mit einem gutmütigen Lachen.

Doch das wichtigste Stück in dieser Kammer des Schreckens war bestimmt jener Apparat, der als Eiserne Jungfrau bekannt geworden ist. Sie stand fast genau in der Mitte der Kammer und stellte auf ordinäre Art eine Frauengestalt dar, eine Frauengestalt in Glockenform – oder, wenn wir einen genaueren Vergleich anstellen wollen, sie sah aus wie die Gestalt der Frau Noah in jenem Kinderbuch über die Arche, doch ohne jene schlanke Taille und die vollkommene Rundung der Hüften, wie sie für den ästhetischen Typ der Noah-Familie so charakteristisch ist. – Eigentlich hätte man das Ding gar nicht als menschliche Figur erkannt, wenn nicht der Erbauer in groben Zügen das Gesicht einer Frau daran angebracht hätte. Auf der Außenseite war der Apparat fast völlig mit Rost und Staub überzogen; auf der Vorderseite der Figur war ein Ring angebracht, der mit einem Seil verbunden war, ungefähr dort, wo die Taille hätte sein müssen. Das Seil lief über eine Rolle an einer hölzernen Säule, die die Decke zu stützen hatte. Der Wächter zog am Seil und zeigte uns so, dass ein Teil der Vorderseite der Eisernen Jungfrau sich wie eine Tür an zwei Angeln öffnen ließ. Und dann erkannten wir, dass der Apparat eine beträchtliche Dicke aufwies, so dass ein Mann ganz knapp darin Platz fand. Die Tür war ebenfalls sehr dick und von erstaunlichem Gewicht. Der Wächter musste beim Öffnen seine ganze ihm zu Gebote stehende Kraft anwenden, obgleich die Rolle ihm diese Arbeit etwas erleichterte. Die Schwere der Tür hatte offensichtlich einen bestimmten Zweck zu erfüllen: Sie sollte sich von selber nach unten schließen, sobald man das Seil losließ. Die Innenseite war dick mit Rost bedeckt – und mit noch etwas anderem, denn Rost allein hätte sich kaum so tief in die eisernen Wände eingefressen. Und erst, als wir uns die Innenseite der Tür genauer besahen, erfassten wir die diabolische Absicht des

Erbauers. Es befanden sich an der Tür eine Anzahl langer spitzer Nägel, an ihrer Basis vierkantig, breit und massiv. Sie waren so angebracht, dass sie – sobald die Tür losgelassen wurde – die Augen des Opfers durchbohren mussten, die unteren Nägel hingegen das Herz und den Unterleib. Diesmal war es wirklich zu viel für Amelia: Als sie die teuflische Einrichtung voll erfasste, fiel sie in tiefe Ohnmacht, und ich musste sie die Treppe hinuntertragen und draußen im Freien auf eine Bank legen. Wie sehr sie damals bis ins Innerste entsetzt sein musste, zeigte sich später deutlich: Mein ältester Sohn hat auf seiner Brust ein hässliches Muttermal davongetragen, das die ganze Familie einstimmig als ein Bild der Eisernen Jungfrau von Nürnberg erkannt hat …

Als wir dann in die Folterkammer zurückkamen, stand Hutcheson immer noch vor der Jungfrau; offenbar hatte er darüber philosophische Betrachtungen angestellt, denn er ließ uns sogleich an seinen Gedanken teilhaben:

»*Well*, schätze, ich habe hier was gelernt, während Madam ihre Ohnmacht überstanden hat. Scheint mir doch, wir sind auf unserer Seite des großen Schlucks Wasser noch ziemlich hinter dem Mond zu Hause. Wir in den weiten Ebenen des Westens waren bisher immer der Meinung, der Indianer könne uns beibringen, wie man einem Menschen das Leben verdammt unangenehm machen kann; aber nun vermute ich, eure mittelalterlichen Gesetzeshüter hätten unserem Indianer noch viel beibringen können. Jener ›Schächter‹ verstand es zwar recht gut, der Squaw zu imponieren, aber diese hier, die junge Dame, hat ihm gegenüber sämtliche Trümpfe in der Hand. Die Spitzen dieser Nägel sind immer noch recht scharf, obschon sogar ihre Kanten von dem zerfressen sind, was an ihnen hängen geblieben sein muss. Das täte unseren Rothäuten ganz gut, wenn sie ein paar Exemplare dieses Spielzeugs im Lande herumschicken würden, damit sie endlich sehen, dass ihre harten Männer – und die harten Weiber – von der alten Zivilisation noch einiges lernen können. Schätze, ich werde nun doch noch einen Moment in diese Kiste steigen, nur um so 'n bisschen zu sehen, wie das ist!«

»O nein! Nein!«, schrie Amelia auf. »Das ist doch zu entsetzlich!«

»Schätze, Madam, nichts ist zu entsetzlich für einen wahren Forscher. Ich bin in meinem langen Leben in etlichen seltsamen Lagen gewesen. Hab 'ne Nacht in einem toten Pferd verbracht, als ein Waldbrand über mich wegfegte – das war in Montana –, und ein andermal übernachtete ich in einem toten Büffel, als die Komantschen auf dem Kriegspfad waren und es mir nicht passte, ihnen meine Visitenkarte unter die Nase zu halten. Einmal bin ich zwei Tage lang in dem verschütteten Gang einer Goldmine von New Mexico eingeschlossen gewesen, dann wieder war ich einer von jenen vier Männern, die drei viertel eines Tages in einer umgestürzten Zementkiste verbringen mussten, als wir die Fundamente für die Buffalo-Brücke gossen. Noch nie bin ich einem unangenehmen Erlebnis aus dem Weg gegangen, wenn es sich mir bot. Warum sollte ich jetzt?«

Wir sahen ein, dass er sich nicht von seinem Plan abbringen ließ, darum sagte ich rasch:

»Nun gut, beeilen Sie sich damit, alter Herr, und bringen Sie die Geschichte hinter sich!«

»Zu Befehl, Herr General«, gab er zurück, »aber ich glaube, wir sind noch nicht ganz so weit. Die Herren, die vor mir in dieser Blechbüchse standen, haben sich nicht freiwillig dafür gemeldet – wohl kaum! Und ich vermute, sie wurden recht ornamental zusammengeschnürt, ehe der entscheidende Schlag gegen sie geführt wurde. Ich will dieses Experiment nach allen Regeln der Kunst durchgeführt sehen, darum muss ich auch entsprechend dafür vorbereitet werden. Ich will doch hoffen, der alte Bursche hier wird imstand sein, etwas Schnur zu beschaffen und mich damit zu fesseln, genau nach Muster?«

Das sagte er in fragendem Ton zum Wächter, doch dieser, der zwar den allgemeinen Sinn der Rede zu erfassen schien – obschon er vielleicht die dialektischen Feinheiten nicht ganz mitbekam –, schüttelte den Kopf. Sein Protest war jedoch bloß formaler Art und leicht zu überwinden. Der Amerikaner drückte ihm ein Goldstück in die Hand und bemerkte dazu:

»Nimm's nur, Kumpel! Es gehört dir. Und hab bloß keine Angst. Das hier ist keine Hängepartie, der du beiwohnen musst!«

Der Wächter brachte eine etwas dünne, zerschlissene Schnur zum Vorschein, die ausreichte, unseren Begleiter für den beabsichtigten Zweck genügend fest zu binden. Als der obere Teil seines Körpers gefesselt war, sagte Hutcheson:

»Jetzt wart mal 'ne Sekunde, Richter. Schätze, ich bin zu schwer für dich, als dass du mich in die Blechkiste hineinheben kannst. Lass mich mal selber 'reinsteigen, und dann kannst du mit meinen Beinen fertigmachen.«

Während er sprach, hatte er sich rückwärts durch die enge Öffnung gedrängt, die gerade groß genug war, ihn aufzunehmen. Es war eine äußerst knappe Sache. Amelia schaute mit angsterfüllten Augen zu, mochte sich aber offenbar nicht dazu äußern. Dann vollendete der Wächter seinen Auftrag und band die

Füße des Amerikaners fest zusammen, so dass dieser nun völlig hilflos in seinem freiwillig aufgesuchten Käfig stak. Er schien die Situation regelrecht auszukosten, denn das immerwährende Grinsen auf seinem Gesicht erblühte zu einem richtigen Lächeln, als er nun sagte:

»Schätze, die Eva da wurde aus der Rippe eines Zwergs geformt! Lässt einem ausgewachsenen Bürger der Vereinigten Staaten nicht viel Platz zum Umsichschlagen. In Idaho sind ja die Särge geräumiger als das da. So, Richter, jetzt lass mal langsam die Tür da herab, aber wirklich langsam! Ich will denselben Genuss empfinden wie jene anderen Vögel, die vor mir hier drin staken, als diese Nägel sich auf ihre Augen zuzubewegen begannen!«

»Oh, nein! Nein! Nein!«, fing nun Amelia hysterisch zu schreien an. »Das ist einfach zu entsetzlich! Ich ertrage es nicht, so etwas zu sehen – ich ertrage es nicht!«

Doch der Amerikaner zeigte sich halsstarrig.

»Sagen Sie mal, Oberst: Wie wär's, wenn Sie Madam auf einen kleinen Spaziergang führten? Ich möcht um alles in der Welt ihre Gefühle nicht verletzen; wenn ich aber schon hier bin, nachdem ich achttausend Meilen dafür hergereist bin, wär's doch wirklich eine harte Sache, das Experiment, nach welchem ich mich so gesehnt hab, einfach aufzugeben. Es ist doch selten, dass ein Mann sich vorkommen darf wie Eingemachtes! Ich und der Richter da werden die ganze Geschichte im Nu hinter uns haben, und dann kommt ihr beide zurück, und wir lachen uns eins!«

Und wieder einmal gewann der aus Neugier geborene Entschluss die Oberhand, und Amelia klammerte sich fest und zitternd an meinen Arm, während der Wächter die eiserne Tür durch Nachgeben des Seiles Zentimeter um Zentimeter herabzulassen begann. Hutchesons Gesicht strahlte direkt, als er sah, wie sich die Nägel zu bewegen begannen.

»*Well*«, sagte er, »schätze, ich hab seit New York nicht so viel Genuss gehabt. Ausgenommen ein Streit mit einem französischen Matrosen in Wapping – und das war dann etwa auch kein Picknick für mich –, hat's für mich in diesem verdammt faulen Kontinent nicht den Schein eines wirklichen Vergnügens gegeben, denn hier gibt's ja keine Bären und keine Indianer, und selten triffst du 'nen Mann, der bewaffnet 'rumläuft. – Langsam jetzt, Richter! Mach ja nicht zu schnell bei diesem Geschäft! Für mein Geld will ich eine regelrechte Schau aus diesem Spiel gemacht sehen – worauf du dich verlassen kannst!«

Der Wächter musste wohl etwas vom Blut seiner Vorfahren, die in diesem Turm gehaust hatten, in seinen Adern haben, denn er betätigte den Apparat mit berechnender und quälender Langsamkeit, was Amelia nach fünf Minuten – während welcher die Tür sich kaum um die Hälfte an Zentimetern bewegt hatte – den Rest gab. Ich sah, wie ihre Lippen schneeweiß wurden, fühlte, wie ihr Druck an meinem Arm nachließ. Einen Augenblick lang sah ich mich nach einem Ort um, an dem ich sie hinlegen könnte, und als ich mich ihr wieder zuwandte, bemerkte ich, dass ihre Augen starr auf einen Punkt neben der Eisernen Jungfrau gerichtet waren. Ich folgte ihrem Blick – und da sah ich die schwarze Katze, die sich insgeheim hereingeschlichen hatte, zusammengekauert dahocken. Ihre grünen Augen leuchteten wie Warnlampen aus dem dunkeln Winkel hervor, und das Grün hob sich besonders deutlich gegen das rote Blut ab, das immer noch ihren ganzen Pelz besudelte, ihr Maul verschmierte.

Ich schrie auf: »Die Katze! Nehmt euch vor der Katze in Acht!«

Denn in demselben Moment sprang sie aus ihrem Versteck auf den Apparat zu. Sie sah dabei aus wie ein triumphierender Dämon. Ihre Augen sprühten vor Wildheit, ihre Haare standen vom Körper ab, so dass sie doppelt so dick schien, als sie in Wirklichkeit war, und ihr Schwanz peitschte durch die Luft wie der eines Tigers vor seiner Beute. Elias P. Hutcheson musste lächeln, als er ihrer ansichtig wurde, und auch seine Augen funkelten, aber vor Vergnügen, während er ausrief:

»Will verdammt sein, wenn die Squaw nicht in Kriegsbemalung aufgetreten ist! Schlagt sie einfach weg, falls sie einen ihrer Tricks an mir versuchen will! Ich bin nämlich so für ewige Zeiten zusammengeschnürt vom ›Chef‹ hier, dass ich – bei meiner verdammten Haut – nicht mal meine Augen vor ihr zu schützen vermag, falls sie sie haben will! Sorgfältig jetzt, Richter! Lass mir das Seil nicht fahren, sonst bin ich geliefert!«

In diesem Augenblick fiel Amelia wieder in Ohnmacht, und ich musste sie um die Taille festhalten, sonst wäre sie zu Boden gesunken. Während ich mich noch um sie kümmerte, sah ich, wie die schwarze Katze zum Sprung ansetzte; ich sprang auf die Füße, um das Tier hinauszuwerfen.

Doch im gleichen Moment schleuderte sich die Katze mit einem höllischen Schrei nicht – wie wir erwartet hatten – auf Hutcheson, sondern dem Wächter mitten ins Gesicht. Ihre Krallen rissen wild an seinem Gesicht, wie das der chinesische Drache auf Zeichnungen zu tun pflegt, und ich konnte genau sehen, wie die eine ihrer krallenbewehrten Pfoten dem armen Mann ins Auge fuhr, es durchriss und dann die ganze Wange hinunter eine breite Blutspur hinterließ. Das Blut schien aus jeder der betroffenen Adern zu spritzen.

Mit einem fürchterlichen Entsetzensschrei, der rascher gekommen sein musste als das Schmerzgefühl, sprang der Mann rückwärts – und dabei ließ er das Seil fahren, das die Tür zur Eisernen Jungfrau festgehalten hatte. Ich machte einen Sprung darauf zu, aber ich kam zu spät: Das Seil lief wie der Blitz über die Rolle – und die schwere Eisenmasse fiel durch ihr Eigengewicht vorwärts.

Noch als die Tür sich schloss, konnte ich einen Blick auf das Gesicht unseres unglücklichen Begleiters werfen. Er schien vor Schreck erstarrt. Seine Augen stierten in betäubter Angst, und von seinen Lippen kam kein Laut.

Und dann taten die Nägel ihr Werk. Glücklicherweise kam das Ende schnell, denn als ich die Tür zurückriss, sah ich, dass die Nägel ihn so tief durchbohrt hatten, dass sie sich in den Schädelknochen festgefahren hatten und ihn nun buchstäblich aus seinem eisernen Gefängnis herausrissen. Und gebunden wie sie war, fiel die Leiche mit einem Übelkeit erregenden glucksenden Ton zu Boden, so dass sie mit dem Gesicht nach oben zu liegen kam.

Ich rannte auf meine Frau zu, hob sie auf und trug sie hinaus, denn ich fürchtete um ihren Verstand, falls sie plötzlich aus ihrer Ohnmacht erwachen sollte und das grausige Bild sehen würde. Ich legte sie draußen auf die Bank und rannte in den Folterraum zurück. Der Wächter lehnte an der Holzsäule und stöhnte vor Schmerzen. Er hielt sein Taschentuch, das sich rasch mit Blut tränkte, vor seine Augen. Und auf dem Kopf des armen Amerikaners saß die Katze und schnurrte laut, während sie das Blut leckte, das aus den Augenhöhlen des Mannes sickerte.

Ich glaube, dass keiner mich für grausam halten wird, weil ich nun eines der alten Richtschwerter in beide Hände nahm und die Katze in zwei Teile spaltete, während sie so dasaß.

Rattenbegräbnis

Wenn man Paris auf der Straße nach Orléans verlässt, nach der Stadtgrenze nach rechts abbiegt und dann geradeaus geht, befindet man sich unversehens in einer ungepflegten und nicht gerade appetitlichen Gegend. Links und rechts, vor dir und hinter dir liegen gewaltige Haufen von Abfall und Kehricht, die sich im Laufe der Zeit dort angesammelt haben.

Paris kennt nicht nur das Leben am Tag, es hat ebenso sehr ein Nachtleben, und der Feriengast, der spätabends sein Hotel in der Rue de Rivoli oder der Rue St-Honoré betritt – oder es ganz früh morgens verlässt – und sich in die Nähe von Montrouge begibt, kann ohne Schwierigkeiten erraten, was der Zweck der riesigen Lastwagen sein muss, die sich wie Heizkessel auf den Rädern ausnehmen; denn er begegnet ihnen dort auf Schritt und Tritt.

Jede Stadt hat ihre ganz besonderen Einrichtungen, die sich aus ihren Bedürfnissen heraus ergeben haben. Und eine der auffallendsten Einrichtungen in Paris ist bestimmt seine große Menge von Lumpensammlern. In den frühen Morgenstunden – und Paris erwacht morgens früh – kann man in den meisten Straßen, alle paar Häuser entfernt, große Holzkisten bemerken, in welche die Bewohner der Mietshäuser ihren Kehricht vom Vortage leeren. Das ist übrigens auch in gewissen amerikanischen Städten, und sogar in New York, ebenso. Um diese Kisten herum scharen sich ständig neue Gruppen von ausgemergelten, hungrig aussehenden Männern und Frauen, die als Ausrüstung für ihre Arbeit einen groben Jutesack oder einen Korb über die Schulter geworfen haben. Dazu haben sie sich einen kleinen Rechen zugelegt, mit dem sie nun aufs Genaueste jeden Kehrichtkübel untersuchen und umdrehen. Mit dem kleinen Rechen sammeln sie dann in der Art des Chinesen, der mit derselben Fertigkeit seine Essstäbchen zu gebrauchen weiß, jedes verwendbare kleinste bisschen Etwas und verstauen, was sie finden, ebenso leicht in ihr Traggerät.

Paris ist eine Stadt der Zentralisation, und Zentralisation und Klassifikation sind eng verwandt. Wenn in frühen Zeiten Zentralisation eine Tatsache wird, dann ist bestimmt die Klassifikation ihre Vorgängerin … Alle ähnlichen oder analogen Dinge werden zusammengefasst, und aus dieser Gruppierung entsteht wiederum ein neuer zentraler Punkt.

Vor unseren Augen zeigt sich ein System von vielen langen Armen mit unzähligen Saugnäpfen, im Mittelpunkt erhebt sich ein gewaltiges Haupt mit einem koordinierenden Gehirn und mit scharfen Augen, die nach jeder Seite hin zu sehen vermögen, und mit empfindlichen Ohren – und vor allem mit einem gefräßigen Maul …

Andere Städte gleichen Vögeln, Fischen oder anderen Tieren, deren Verdauung und Appetit irgendwie normal sind. Nur Paris stellt die analoge Apotheose des Tintenfisches dar, da es als Produkt einer *ad absurdum* geführten Zentralisation gelten darf. Und in keiner Hinsicht ist die Ähnlichkeit mit dem Tintenfisch auffallender als beim Verdauungsapparat.

Jene intelligenten Touristen, die – nachdem sie sich der Firma Cook oder Gaze bedingungslos ausgeliefert haben – Paris in drei Tagen ›erledigen‹, wundern sich oftmals darüber, dass ein Diner, welches in London etwa sechs Shilling kosten würde, in einem Café im Palais Royal für drei Francs zu haben ist. Sie brauchen sich aber nicht weiter zu verwundern, wenn sie sich bloß über die Einteilung klarwerden wollen, die eine besonders stark entwickelte Theorie des Pariser Lebens darstellt, nämlich über die Klassifikation und den Ursprung des Lumpensammlers.

Paris im Jahre 1850 war sehr verschieden vom heutigen Paris, und diejenigen, die das Paris Napoleons oder das des Barons Haussmann sehen, können sich schwerlich in das Aussehen der Stadt vor fünfundvierzig Jahren zurückversetzen.

Es gibt jedoch einige Dinge, die sich nicht verändert haben, zum Beispiel jene Gegenden, in denen der Kehricht abgeladen wird. Kehricht ist Kehricht, in jedem Zeitalter, und sei es wo immer in der Welt. Die Ähnlichkeit der Kehrichtberge ist verblüffend. Infolgedessen hat auch der Reisende, der Montrouge aufsucht, keine besonderen Schwierigkeiten, sich im Geiste ins Jahr 1850 zurückzuversetzen.

In jenem Jahr hielt ich mich ziemlich lange in Paris auf. Ich war damals sehr in eine junge Dame verliebt, die zwar meine Gefühle teilte, andererseits aber dem Wunsch ihrer Eltern nachkam, die von ihr verlangt hatten, dass wir einander ein ganzes Jahr lang weder sehen noch miteinander korrespondieren würden. Auch ich war gezwungen worden, mich dieser Abmachung zu fügen, weil ich die geheime Hoffnung hegte, dass die Eltern der jungen Dame nachher in eine Verbindung einwilligen könnten. Ich hatte versprechen müssen, während dieser Probezeit außer Landes zu bleiben und der Geliebten erst nach Ablauf des erwähnten Jahres zu schreiben.

Es war natürlich ein langes Jahr für mich. Kein einziges Mitglied meiner Familie oder aus meinem Freundeskreis vermochte mir das Geringste über Alice zu sagen, und niemand von ihren eigenen Leuten hatte – es tut mir leid, dies feststellen zu müssen – genügend Großzügigkeit, mir auch nur ein einziges Mal ein Trostwort zu schicken, mit welchem man mich hätte wissen lassen, wie es Alice ging.

Sechs Monate des Jahres verbrachte ich damit, kreuz und quer durch Europa zu reisen; weil mich das aber nicht befriedigte, beschloss ich, nach Paris zu kommen. Hier wenigstens befand ich mich gewissermaßen in Rufdistanz von London, falls ich das Glück haben sollte, vor der verabredeten Zeit dorthin gerufen zu werden. Dass ›aufgeschobene Hoffnung Herzeleid bereitet‹, ist wohl nie zuvor klarer bewiesen worden als in meinem Falle, denn neben der ständigen Sehnsucht, ihr Gesicht zu sehen, hatte sich meiner die quälende Angst bemächtigt, ich könnte durch irgendeinen Zufall daran gehindert werden, ihr zu beweisen, dass ich während der langen Probezeit ihr und unserer Liebe treu geblieben sei. Deswegen bot mir ein jedes Abenteuer, in das ich mich stürzte, ein besonders wildes Vergnügen, da es die Möglichkeit in sich barg, dass seine Folgen größer sein konnten, als man normalerweise hätte erwarten können.

Wie alle Reisenden schöpfte ich sämtliche Sehenswürdigkeiten schon während des ersten Monats meines Aufenthaltes aus; darum musste ich mir vom zweiten Monat an meine Zerstreuungen selbst aussuchen. Nachdem ich eine ganze Anzahl Ausflüge in die besser bekannten Vororte unternommen hatte, tauchte in mir die Vermutung auf, es müsse da eine *Terra incognita* geben, die im Reiseführer nicht aufgeführt wurde: in der gesellschaftlichen Wüste zwischen den Sehenswürdigkeiten nämlich. Entsprechend begann ich nun meine Forschungen systematisch zu organisieren, und jeden Tag nahm ich denn den Faden meiner Suche dort auf, wo ich tags zuvor aufgehört hatte.

Im Lauf der Zeit führten mich meine Wanderungen in die Nähe von Montrouge, und ich erkannte, dass da herum das Niemandsland sozialer Forschung lag – eine Gegend, die fast ebenso unerforscht war wie die Quellen des Weißen Nils. So beschloss ich denn, den Lumpensammler philosophisch zu erfassen – seine Behausung, sein Leben und seinen Unterhalt.

Diese Arbeit war recht unappetitlich, schwierig in der Durchführung und mit wenig Hoffnung auf entsprechende Anerkennung. Doch trotz aller Vernunftgründe siegte wieder einmal meine Starrköpfigkeit, und ich begann meine neue Untersuchung mit größerem Fleiß, als ich hätte aufbringen können, um eine Ermittlung durchzuführen, die mir etwas Wertvolles oder Würdiges eingetragen hätte.

Eines Tages – es war am späten Nachmittag gegen Ende September – betrat ich das Allerheiligste in der Stadt der Kehrichthügel. Der Ort war deutlich die offizielle Residenz einer Anzahl von Lumpensammlern, denn die Formen der Kehrichthügel der Straße entlang ließen eine ordnende Hand erraten. Ich ging zwischen diesen Haufen hindurch, die wie Schildwachen ordentlich dastanden, denn ich wollte weiter in diese Gegend eindringen und das eigentliche Zentrum des Kehrichts finden.

Während ich so vorwärtsschritt, bemerkte ich hinter den Kehrichthügeln ein paar Gestalten, die hin und her flitzten und offensichtlich mit Interesse die Ankunft eines Fremden an diesem eigentümlichen Ort verfolgten. Die Gegend glich entfernt einer kleinen Schweiz, und wie ich nun weiter vordrang, konnte ich wegen des gewundenen Pfades nicht mehr erkennen, wo ich hergekommen war.

Schließlich gelangte ich zu einer Stelle, die eine kleine Stadt oder Gemeinde von Lumpensammlern darzustellen schien. Eine Anzahl verfallener Elendshütten, wie man sie etwa in den einsamsten Gegenden des Bog of Allen zu sehen bekommt, tauchte auf, grob zusammengezimmert und mit Schmutz und Stallmist verklebt und gedeckt, Behausungen, die man um nichts in der Welt betreten möchte; Hütten, die auf Aquarellen nur dann noch malerisch aussehen, wenn sie klug gemacht sind. Mitten unter diesen Hütten stand eine der seltsamsten Konstruktionen, die ich je gesehen hatte – man konnte sie nicht als Behausung ansprechen: Ein ungeheurer Wandschrank, wahrscheinlich ein kolossales Überbleibsel aus einem Schlafzimmer König Karls VII., war zu einer Wohnstätte umgebaut worden. Die Doppeltüren standen weit offen, so dass die gesamte Haushaltung für die Öffentlichkeit sichtbar war. Die eine Hälfte des Schrankes bildete jetzt ein Wohnzimmer von etwa einem Meter zwanzig auf einen Meter achtzig. Darin saßen nicht weniger als sechs alte Soldaten der Ersten Republik rauchend beisammen, mit zerrissenen und durchgescheuerten Uniformen. Sie saßen um einen Holzkohlenrost herum und sahen alle nach *mauvais sujets* aus. Ihr stierer Blick und die herabhängenden Kinnladen verrieten die süchtigen Absinth-Liebhaber. In ihren Augen war jener wilde Lauerblick zu sehen, der den Trinkern unmittelbar nach ihrer Ausschweifung eigen ist. Die andere Hälfte des Schrankes war als Schrank eingerichtet, die Regale waren noch eingezogen, aber sie waren nur noch halb so tief wie ursprünglich. Und auf jedem der sechs Regale befand sich ein Bett aus Lumpen und Stroh. Das halbe Dutzend der trefflichen Herren, die diese Konstruktion bewohnten, schaute mir neugierig nach, als ich an ihnen vorbeiging. Und als ich mich nach ein paar Schritten nach ihnen umdrehte, sah ich, dass sie ihre Köpfe zusammensteckten und miteinander flüsterten. Das wollte mir alles nicht so recht gefallen, denn die Gegend mutete sehr verlassen an, und die Männer sahen alle aus wie Bösewichte. Doch sah ich eigentlich keinen Grund zur Besorgnis und wanderte weiter und immer weiter in diese Wüste Sahara hinein. Der Pfad wand sich ständig in einer unaufhörlichen Serie von Halbkreisen um die Kehrichthügel herum, so dass ich mir vorkam wie ein holländischer Schlittschuhläufer und mit der Zeit keine Ahnung mehr hatte, in welcher Himmelsrichtung ich mich bewegte.

Nach einer Weile kam ich gerade wieder um einen solchen Kehrichthaufen herum und bemerkte einen alten Soldaten in einem abgewetzten Mantel auf einem Strohbündel sitzend.

›Hallo!‹, dachte ich bei mir, ›die Erste Republik ist mit ihren Soldaten hier stark vertreten.‹

Ich ging an ihm vorbei, doch der Alte blickte nicht einmal auf, sondern schaute stur in den Boden hinein.

Wieder musste ich denken: ›Da sieht man, was

das rauhe Kriegshandwerk fertigbringt. Die Neugier dieses Alten ist völlig erloschen.‹

Doch nach ein paar Schritten drehte ich mich plötzlich um und musste bemerken, dass die Neugier des Soldaten durchaus nicht erloschen war, denn der Veteran sah mir mit erhobenem Kopf und sehr, sehr seltsamem Ausdruck nach. Plötzlich schien er mir einem der sechs Ehrenwerten aus dem engen Kasten von vorhin außerordentlich stark zu gleichen. Als er sich ertappt sah, senkte er sofort wieder den Kopf. Ohne mir weiter über ihn Gedanken zu machen, ging ich meines Weges und wunderte mich bloß, wie sehr sich all diese alten Krieger glichen.

Gleich darauf traf ich schon wieder auf einen alten Soldaten, und es ging wiederum ganz ähnlich zu. Auch er schien mich nicht zu beachten, als ich an ihm vorbeiging.

Nun war der Nachmittag aber schon weit vorgerückt, und ich begann an die Heimkehr zu denken. Ich drehte mich also um – und musste feststellen, dass eine ganze Anzahl von Fußspuren zwischen verschiedenen Kehrichthaufen durchführten. Ich konnte einfach nicht mehr feststellen, welchen Pfad ich einzuschlagen hatte. In meiner Verwirrung wollte ich gleich jemand nach dem richtigen Weg fragen, konnte aber keinen Menschen entdecken. Ich beschloss, ein paar Hügel weiterzugehen und irgendjemand aufzustöbern – nur keinen Veteranen.

Ich erreichte mein Ziel, denn nach kaum zweihundert Metern stieß ich auf eine vereinzelte Hütte, ähnlich denjenigen, die ich vorher gesehen hatte, mit dem Unterschied, dass dies hier keine eigentliche Wohnhütte war, sondern eher ein Dach mit einer einzigen Wand, ein Unterstand, der nach drei Seiten offen stand. Nach dem Aussehen des sie umgebenden Platzes schloss ich, dass es sich um einen Sortierort handeln müsse. Unter dem Dach kauerte ein runzeliges und vom Alter gebeugtes Weiblein. Ich trat auf sie zu und fragte nach dem Weg.

Sie hatte sich erhoben, als ich näher kam. Und sofort begann sie mit mir ein längeres Gespräch. Ich sah ein, dass hier, und nur hier, im Mittelpunkt des Kehrichtkönigreichs, der Ort sein musste, Einzelheiten über die Geschichte des Pariser Lumpensammelns zu erfahren, ganz besonders weil diese Information von den Lippen der, wie mir schien, ältesten Bewohnerin des Lumpenreichs kam.

Ich begann Fragen zu stellen, und die Alte gab mir äußerst interessante Auskunft. Sie war eine jener gewesen, die tagtäglich vor der Guillotine gesessen waren, und ein aktives Mitglied jener Weiber, die sich während der Revolution durch besondere Grausamkeit ausgezeichnet hatten.

Während wir sprachen, meinte sie auf einmal:

»Aber Monsieur ist sicher müde vom Stehen«, und damit staubte sie für mich einen rachitischen alten Stuhl ab, so dass ich mich setzen konnte. Aus verschiedenen Gründen aber war mir das gar nicht recht, doch die arme Frau war so höflich, dass ich es nicht riskieren mochte, sie zu beleidigen; und überdies schien mir das Gespräch mit einer Frau, die beim Bastille-Sturm dabei gewesen war, derart interessant, dass ich mich doch noch setzte, und unsere Unterhaltung ging weiter.

Während des Gesprächs trat ein alter Mann – noch runzeliger und zusammengekrümmter als die Frau – hinter der Wand des Unterstands hervor.

»Das ist Pierre«, stellte sie vor. »Monsieur kann jetzt wirklich tolle Geschichten vernehmen, falls er das wünscht, denn Pierre war überall dabei, von der Bastille bis Waterloo.«

Der Alte griff auf meine Aufforderung zu einem anderen Stuhl, und wir tauchten nun in ein Meer von Revolutionserinnerungen. Dieser alte Mann, obgleich er aussah wie eine Vogelscheuche, war so gut wie irgendeiner der sechs Veteranen.

Ich saß nun in der Mitte der niedrigen Hütte, die Alte links, Pierre zu meiner Rechten, und beide etwas vor mir. Hier lagen allerlei sonderbare Bauhölzer und einige andere Werkzeuge, die ich lieber nicht hier gesehen hätte. In der einen Ecke lag ein Stapel von Lumpen, die so viel Ungeziefer zu enthalten schienen, dass sie sich leise bewegten. Und in der anderen Ecke waren Knochen aufgeschichtet, die zum Himmel stanken. Hie und da wagte ich einen raschen Blick auf diese Haufen – und dann konnte ich die funkelnden Augen von Ratten erkennen, die die Gegend in Massen bevölkerten. Diese ekelhaften Dinge und Wesen waren schlimm genug, was aber noch grausiger aussah, war eine alte Schlächteraxt mit eisernem Griff, die blutbesudelt an der Hinterwand lehnte. Doch machten mir solche Dinge im Moment kein Kopfzerbrechen. Das Gespräch mit den beiden Alten war so faszinierend, dass ich einfach dort sitzen blieb, bis es Abend wurde und die Kehrichthügel dunkle Schatten über die dazwischenliegenden Täler warfen.

Nach einiger Zeit wurde es mir nun doch etwas ungemütlich. Ich konnte nicht mit Sicherheit sagen, warum oder wie es kam, doch irgendwie war ich unzufrieden. Wenn es einem ungemütlich ist, dann kommt das aus dem Instinkt heraus und bedeutet eine Warnung. Die psychischen Fähigkeiten sind sehr oft die Schildwachen des Intellekts, und wenn sie den Alarm auslösen, beginnt die Vernunft die Oberhand zu gewinnen, wenn auch zuerst noch unbewusst.

Mit mir war es genauso. Ich fing endlich an, mir zu überlegen, wo ich eigentlich war und wovon ich umgeben sei, und ich begann mich zu fragen, wie ich vorgehen sollte, im Falle dass ich angegriffen würde. Und dann überfiel mich ganz plötzlich und ohne offensichtlichen Grund das Wissen, dass ich in Gefahr sei. Die Vorsicht flüsterte mir zu: »Halt dich still und lass dir nichts anmerken«; also war ich still und ließ mir nichts anmerken, denn ich wusste, dass berechnende Augen mich beobachteten. ›Vier Augen – wenn nicht gar mehr!‹ Mein Gott, welch schrecklicher Gedanke! Die ganze Hütte könnte doch von Bösewichtern auf drei Seiten umgeben sein! War es nicht möglich, dass ich in eine Bande von skrupellosen Gaunern geraten war, wie sie nur ein halbes Jahrhundert von periodischen Revolutionen hervorzubringen vermag?

Mit dem Bewusstsein der Gefahr wurden bei mir sogleich Denk- und Beobachtungsfähigkeit schärfer. Ich war nun hellwach und auf der Hut. Ich bemerkte, dass die Augen der Alten unaufhörlich auf meine Hände gerichtet waren. Ich schaute nun selber hin und bemerkte denn auch sogleich die Ursache – meine Ringe. Am kleinen Finger der linken Hand trug ich einen großen Siegelring, an der Rechten einen echten Diamanten.

Ich dachte mir: ›Wenn ich wirklich in Gefahr bin,

dann muss meine erste Sorge sein, ihren Verdacht zu zerstreuen.‹ Entsprechend diesem Entschluss lenkte ich die Konversation sachte auf das Lumpensammeln – auf die Abflusskanäle – und ganz allgemein auf Dinge, die man dort finden konnte. Und dann Schritt für Schritt auf das Thema Juwelen zu. Dann, als sich eine günstige Gelegenheit bot, fragte ich die Alte, ob sie etwas von Schmuck verstehe. Sie antwortete ja, ein bisschen schon, und ich hielt ihr meine rechte Hand hin, zeigte ihr den Diamanten und fragte sie, was sie davon halte. Sie gab zur Antwort, sie habe leider schlechte Augen, und dann beugte sie sich tief über meine Hand. Ich sagte so ungezwungen wie nur möglich:

»Entschuldigen Sie! So sehen Sie ihn besser!«

Damit nahm ich den Ring vom Finger und reichte ihn ihr hinüber. Ein unheimliches Leuchten trat in ihre Augen und verklärte ihr verwüstetes Gesicht, als sie den Ring berührte. Sie warf mir einen blitzschnellen Seitenblick zu.

Sie beugte sich einen Augenblick lang über den Ring, wobei sie den Kopf tief gesenkt hielt, als betrachte sie den Ring genauer. Der Alte schaute geradeaus vor sich hin in die Weite, wobei er gleichzeitig in seinen Taschen wühlte, aus denen er endlich eine kleine Tüte billigsten Tabaks und eine Pfeife hervorholte, welche er zu stopfen begann. Ich benutzte diese Pause, während welcher endlich die Augenpaare einen Moment lang nicht auf meinem Gesicht herumsuchten, um mich unauffällig in der Hütte umzusehen, die nun düster und angefüllt mit Schatten in der Dämmerung vor mir lag. Ja, dort lagen noch immer die Lumpen und all die übrigen faulig riechenden Haufen; dort lehnte noch immer die furchtbare blutbefleckte Schlächteraxt in der rechten Ecke, und überall leuchteten nun aus allen Ecken die missgünstigen Augen der Ratten. Ich konnte ihre Augen sogar durch die Spalten der Bretter in der Rückwand glänzen sehen – ganz unten am Boden. Doch halt! Diese Augen schienen mir ganz ungewöhnlich viel größer und verderblicher zu sein als die anderen!

Einen Augenblick lang hörte mein Herz zu schlagen auf, und ein solcher Schwindel hatte mich gepackt, dass ich den Zustand eine Art geistiger Betrunkenheit nennen möchte. In dieser Verfassung bleibt der Körper nur aus dem einzigen Grund aufrecht, dass er keine Zeit mehr hat hinzufallen, ehe der Zustand entdeckt wird. Und dann, nach einer Schrecksekunde, war ich wieder ruhig – eiskalt und ruhig, und alle meine Energie und Kampfkraft war wieder in mich eingekehrt. Ich fühlte mich vollkommen Herr meiner selbst, all meine Empfindungen und Instinkte waren hellwach. Jetzt hatte ich die ganze Größe der Gefahr erkannt, in der ich schwebte: Ich war von verwegenen Menschen bewacht und umringt! Ich konnte nicht einmal erraten, wie viele von ihnen dort hinten auf dem Boden auf der andern Seite der Hüttenwand lagen, auf den günstigsten Moment wartend, wo sie zuschlagen konnten. Ich wusste, dass ich groß und stark war, und sie wussten das ebenfalls. Und sie wussten wie ich, dass ich als Engländer mich bis zum Letzten wehren würde. So warteten wir ab. Ich hatte in den letzten Augenblicken einen Vorteil ergattert, dessen war ich sicher, denn nun kannte ich die Gefahr, in der ich schwebte, und verstand die Lage genau. Jetzt, dachte ich mir, wird mein Mut auf die Probe gestellt – auf eine lang anhaltende Probe: Die Kampferprobung wird später auch noch kommen!

Die Alte hob den Kopf und sagte zu mir mit anerkennender Stimme:

»In der Tat, ein sehr schöner Ring! Ach je! Ich besaß auch einmal solche Ringe, mehr als genug, und Armbänder und Ohrringe! Oh! In jenen fernen herrlichen Tagen tanzte ich der Stadt auf der Nase herum! Aber jetzt hat man mich vergessen! Mich, mich haben sie vergessen! Sie? Ach, die hörten ja nie etwas von mir! Ihre Großväter, ja, die schon, einige von ihnen bestimmt!«

Sie lachte ein heiseres, krächzendes Lachen. Und

ich muss sagen, dann setzte sie mich gewaltig in Erstaunen, denn sie reichte mir den Ring zurück, und sie tat es mit einer gewissen altmodischen Anmut, die irgendwie mein Mitleid erregte.

Der Alte hingegen sah sie mit einem plötzlich ganz wilden Blick an, stand halb von seinem Stuhl auf und wandte sich dann mir zu:

»Lassen Sie mich auch sehen!«, verlangte er mit heiserer Stimme.

Ich wollte ihm gerade den Ring hinüberreichen, als die Alte dazwischenfuhr:

»Nein! Nein! Geben Sie ihn Pierre nicht! Pierre ist exzentrisch. Er verliert andauernd Sachen; und gar so einen hübschen Ring!«

»Katze!«, fauchte der Alte gehässig. Plötzlich sagte die Alte laut, viel lauter als eigentlich nötig:

»Warten Sie! Ich will Ihnen etwas von einem Ring erzählen.«

Etwas im Ton ihrer Stimme ließ mich zusammenfahren. Vielleicht waren meine Sinne überreizt, denn die Nervenanspannung war nun doch deutlich spürbar, doch vielleicht redete sie gar nicht mit mir. Als ich mich daher wieder verstohlen umsah, bemerkte ich wohl die Augen der vielen Ratten, aber keine großen Augen mehr der Hinterwand entlang. Doch gerade als ich noch hinblickte, erschienen sie wieder. Das laute »Warten Sie!« der Alten hatte mir offenbar eine Galgenfrist vor dem Angriff eingeräumt, und die Männer waren wieder auf ihre Posten zurückgesunken.

»Ich verlor mal einen Ring – einen herrlichen Diamantring, der früher einer Königin gehört hatte und den ich von einem Steuereinnehmer als Geschenk erhalten hatte. Der Mann hat sich später die Gurgel durchgeschnitten, weil ich nichts von ihm wissen wollte. Ich vermutete, der Ring sei mir gestohlen worden. Ich befragte alle meine Bekannten darüber, konnte aber nichts erfahren. Die Polizei erschien und gab der Vermutung Ausdruck, der Ring sei wahrscheinlich in die Kanalisation gefallen. Also stiegen wir dort hinunter – ich in meinen schönsten Kleidern, denn ich traute ihnen mit meinem schönen Ring nicht über den Weg! Ich habe seit damals einiges über die Kanalisation gelernt, und auch über Ratten! Doch ich werde diesen entsetzlichen Ort nie vergessen können – überall starrten tausend glühende Augen – eine ganze Mauer aus glühenden Augen, gerade jenseits des Lichtbereichs unserer Fackeln. Nun gut, wir kamen zu der Stelle, die unter unserem Hause liegen musste. Wir durchsuchten den Ablauf – und fanden dort im Unrat meinen kostbaren Ring! Dann gingen wir wieder dem Ausgang zu.

Doch wir fanden noch etwas, ehe wir wieder an der Oberfläche waren. Als wir beim Ausgang ankamen, lauerte eine ganze Menge von Kanalratten auf uns – menschliche diesmal! Sie kamen auf uns zu, und der Polizei erzählten sie, einer von ihnen sei in die Kanalisation hinuntergestiegen, aber nicht wieder zurückgekommen. Er sei erst ganz kurze Zeit vor uns eingestiegen und könne unmöglich weit gekommen sein. Sie baten uns, ihn suchen zu helfen; also kehrten wir noch einmal um. Alle versuchten, mich davon abzubringen mitzugehen, doch ich bestand darauf mitzumachen. Es war für mich ein neues Abenteuer – und hatte ich nicht auch meinen Ring wieder? Wir mussten nicht weit waten, ehe wir auf etwas stießen. Es lag nur wenig Wasser, und das Bett der Kanalisation hatte sich durch Backsteine, Abfall und dergleichen gehoben. Er hatte sich tapfer gewehrt, auch noch, als seine Fackel ausgegangen war. Doch es waren ihrer zu viele gegen ihn gewesen! Und viel Zeit hatten sie nicht gebraucht: Seine Knochen waren noch warm, aber sauber abgenagt! Sie hatten auch ihre eigenen Erschlagenen aufgefressen, so dass Menschen- und Rattenknochen in wirrem Durcheinander herumlagen. Die anderen – die menschlichen Ratten – schienen sich aus dem Vorkommnis wenig oder nichts zu machen. Sie witzelten über ihren Kameraden, als sie ihn so wiederfanden, obgleich sie ihm wahrscheinlich geholfen hätten, wäre er am Leben geblieben. Ach was! Was spielt es überhaupt für eine Rolle – Leben oder Tod?«

»Und Sie? Hatten Sie denn gar keine Angst?«, fragte ich sie.

»Angst!«, lachte sie. »Ich und Angst? Fragen Sie Pierre! Doch damals war ich jung, und als ich durch die Kanalisation mit ihren Wänden von gierigen Augen hindurch war, war mir nicht besonders wohl zumute. Ich ging allerdings vor den Männern her! Ich verstehe mich auf Männer. Ich lasse mir nie von den Männern den Weg abschneiden. Alles, was ich will, ist eine Chance und eine Möglichkeit, sie zu verwirklichen! Und sie haben ihn aufgefressen – jede Spur von ihm außer den Knochen hatten sie mitgenommen. Und keiner wusste etwas davon, kein Laut war von ihm zu hören!«

Hier brach sie in ein entsetzliches Kichern aus; es war wohl die schrecklichste Art von Lustigkeit, die ich je in meinem Leben gesehen und gehört habe. Irgendwo beschreibt eine große Dichterin ihre singende Heldin folgendermaßen: »Oh! Man muss sie singen sehen oder hören! Ich weiß kaum, was von beidem göttlicher ist!«

Und ich kann dieselbe Idee auf die Alte anwenden – mit allem, außer der Göttlichkeit, denn ich vermöchte nicht zu sagen, was an ihr höllischer war – das harte, bösartige, befriedigte und grausame

Gelächter oder das schiefe Grinsen und das schauderhafte, viereckige, weit aufgerissene Maul, das an eine tragische Maske erinnerte, und darin die paar übriggebliebenen gelben Zahnstummel in dem formlosen Zahnfleisch. In diesem Gelächter, in diesem Grinsen und dem glucksenden Gekicher konnte ich – als wären sie donnernd ausgesprochen worden – die Worte herauslesen, dass meine Ermordung beschlossene Sache war und dass die Mörder nur noch auf den geeigneten Moment zu deren Ausführung warteten. Ich vermochte sehr wohl zwischen den Zeilen ihrer grausigen Erzählung den Befehl an ihre Spießgesellen herauslesen: »Wartet«, schien sie zu befehlen, »nehmt euch Zeit. Ich werde den ersten Schlag führen. Findet mir eine Waffe, und ich will euch die passende Gelegenheit verschaffen! Er soll nicht entkommen! Seht, dass er still bleibt, dann wird niemand etwas davon erfahren. Es wird kein Schrei zu vernehmen sein, und dann werden die Ratten ihre Arbeit tun!«

Es war nun immer dunkler geworden; die Nacht brach herein. Ich warf wieder einen verstohlenen Blick in der Hütte umher – alles war noch wie vorher! Die blutige Axt in der Ecke, die Haufen von Unrat und Knochen, die Augen auf dem Knochenhaufen und in den Bretterlücken nahe dem Boden.

Pierre machte sich immer noch mit Pfeifestopfen

zu schaffen. Und nun steckte er sie mit einem Streichholz in Brand und paffte drauflos. Die Alte sagte:

»Lieber Himmel, wie dunkel es geworden ist! Pierre, sei ein guter Junge und zünde die Lampe an!«

Pierre stand auf und berührte mit dem noch immer brennenden Streichholz in seiner Hand den Docht einer Lampe, die auf der einen Seite des Hütteneingangs aufgehängt war und die einen Reflektor besaß, der nun das Lampenlicht nach allen Richtungen verteilte. Offenbar wurde die Lampe zum Sortieren bei Nacht gebraucht.

»Nicht die, du Dummkopf! Nicht die! Die Laterne, meine ich!«, schrie sie ihn an.

Sofort blies er sie wieder aus und brummte: »Schon gut, Mutter, ich hole sie«, und er machte sich in der linken Ecke der Hütte zu schaffen. Die Stimme der Alten ließ sich in der Dunkelheit vernehmen:

»Die Laterne! Die Laterne! Oh! Für uns Arme ist sie das nützlichste Licht. Die Laterne war die Freundin der Revolution. Und sie ist auch die Freundin des Lumpensammlers. Sie hilft da, wo alle andern Hilfsmittel versagen.«

Sie hatte diese Worte kaum ausgesprochen, als die ganze Hütte zu knarren begann, und auf dem Dach ließ sich ein schleifendes Geräusch vernehmen.

Und wieder vermochte ich zwischen den Zeilen zu lesen, ich begriff die Lektion über die Laterne: »Einer von euch soll aufs Dach klettern und ihn mit einer Schlinge erdrosseln, falls wir hier drinnen keinen Erfolg haben.«

Ich schaute hinauf und sah wirklich eine Seilschlinge, die sich gegen den düsteren Himmel abhob. Nun war ich tatsächlich belagert!

Bald hatte Pierre die Laterne gefunden. Ich hielt meine Augen im Dunkeln auf die Alte gerichtet. Pierre strich ein Streichholz an, und als es aufflammte, da sah ich, wie die Alte ein langes, scharfes Messer – oder war es ein Dolch? – vom Boden, wo es jemand hingelegt haben musste, aufhob und in den Falten ihres Kleides versteckte. Mir schien es, als sei es ein scharf zugeschliffener Wetzstahl, wie die Metzger ihn verwenden.

Die Laterne wurde angezündet.

»Bring sie hierher, Pierre«, befahl die Alte. »Stell sie zum Eingang, wo wir sie sehen können. Seht doch, wie hübsch sie ist! Sie schirmt uns gegen die Dunkelheit ab; sie ist genau das Richtige!«

Genau das Richtige für sie und ihre Zwecke! Die Laterne warf nämlich ihren ganzen Schein auf mein Gesicht, während die Gesichter von Pierre und der Alten im Halbdunkel blieben, denn beide saßen links und rechts vor mir.

Ich spürte, dass die Zeit zum Handeln immer näher rückte, aber ich wusste jetzt, dass das erste Signal, die erste Bewegung von der alten Frau kommen würde. Also beobachtete ich sie scharf.

Ich war völlig unbewaffnet; doch ich war mir jetzt im Klaren, was ich zu tun hatte. Bei der ersten verdächtigen Bewegung wollte ich die Schlächteraxt in der rechten hinteren Ecke packen und mir einen Ausweg erkämpfen. Ich würde wenigstens mein Leben teuer verkaufen. Ich warf einen verstohlenen Blick in jene Ecke, um mir den genauen Standort der Axt zu merken, damit ich sie auch beim ersten Versuch gleich ergreifen könne, denn es würde dann auf jede Bewegung und auf Genauigkeit ankommen wie noch nie.

Großer Gott! Sie war weg! Das ganze Entsetzen meiner Situation überfiel mich; der bitterste Gedanke jedoch war der, dass, wenn in dieser furchtbaren Situation alles gegen mich ausgehen sollte, Alice schließlich die Leidtragende sein würde. Entweder dachte sie dann, ich sei falsch – und jeder Verliebte, jeder, der einmal verliebt war, kann mir die Bitterkeit dieses Gedankens sicherlich nachfühlen –, oder dann würde sie ihre Liebe für mich weiterhin bewahren, nachdem ich schon lange tot war, und ihr Leben wäre zerstört, sie wäre dann verbittert und enttäuscht und verzweifelt. Die ganze Größe dieser schmerzlichen Lage gab mir Kraft und gab mir den Mut, mich gegen den Mordanschlag der Verschwörer zu wehren.

Ich glaube nicht, dass ich mich durch eine Bewegung verriet. Die Alte beobachtete mich wie eine Katze die Maus. Ihre rechte Hand war in den Falten ihres Kleids verborgen und umklammerte dort, das wusste ich nun, den langen, grausamen Dolch. Hätte sie in meinem Gesicht die geringste Enttäuschung bemerkt, dann hätte sie – dessen war ich sicher – gefühlt, dass der Moment zum Handeln gekommen war, und hätte mich angesprungen wie eine Tigerin, in der Überzeugung, dass sie mich unvorbereitet überfiel.

Ich schaute in die Nacht hinaus und sah dort neuen Grund zu Gefahr. Im Halbkreis um die Hütte herum bewegten sich dunkle Gestalten. Sie gaben sich Mühe, stillzustehen, aber ich sah, dass sie Wache standen. Also war für mich die Möglichkeit gering, mich nach dieser Seite durchzuschlagen.

Und wieder sah ich mich heimlich um. Im Moment großer Erregung und großer Gefahr – was ja mit Erregung gleichbedeutend ist – arbeitet das Gehirn fieberhaft, und die geschärften Sinne, die mit dem Gehirn zusammenhängen, entwickeln sich proportional. Ich sah, dass die Axt durch ein Loch in einem der morschen Bretter der Hinterwand herausgenommen worden war. Wie verrottet musste das Holz sein, dass dies ohne Geräusch hatte geschehen können!

Die Hütte war eine regelrechte Mördergrube, auf allen Seiten umstellt. Auf dem Dach lag ein Würger bereit, der mir die Schlinge um den Hals werfen würde, falls ich dem Dolch der Alten ausweichen konnte. Nach vorn war der Weg von einer mir unbekannten Anzahl von Wächtern versperrt. Und hinter der Rückwand lauerte eine Anzahl verwegener Gesellen – ich hatte bei der letzten heimlichen Kontrolle ihre Augen durch die Bretterspalten deutlich gesehen –, die flach auf dem Boden lagen und auf das Signal zum Angriff warteten. Wenn ich also jemals lebendig davonkommen wollte, dann war jetzt der Moment dazu.

So unauffällig es nur ging, drehte ich mich etwas auf meinem Schemel, um mein rechtes Bein gut unter meinen Körper zu bringen. Dann sprang ich, flüsterte den Namen meiner Angebeteten, drehte meinen Kopf zur Seite und schützte ihn mit beiden Händen – genau wie die alten Ritter von ehemals das zu tun pflegten. Die Hinterwand war mein Ziel.

So aufmerksam sie mich auch beobachtet hatten, überraschte die Plötzlichkeit meiner Bewegung sowohl Pierre als auch die Alte. Noch während ich durch das morsche Bretterwerk der Hinterwand hindurchsprang, sah ich die Alte mit einem wahren Tigersprung losstürzen und vernahm ihren Schrei verwunderter Wut. Ich landete mit meinen Füßen auf etwas Weichem und Beweglichem, und noch während ich mich mit einem zweiten Sprung rettete, wusste ich, dass ich einem der am Boden liegenden Männer auf den Rücken gesprungen war. Mit Nägeln und Holzsplittern gespickt, aber sonst unverletzt, rannte ich den vor mir liegenden Abhang eines Kehrichthügels hinauf. Hinter mir fiel die Hütte mit einem dumpfen Krachen in sich zusammen.

Es war alles wie in einem Alptraum: Der Hügel war zwar nicht hoch, aber sehr steil, und mit jedem Schritt gab die Masse von Kehricht und Asche unter meinen Füßen nach. Staub stieg in Wolken auf und erstickte mich beinahe. Der Geruch war ekelerregend, faul und unerträglich; doch ich musste dort hinauf, denn ich wusste, es ging um Leben und Tod. Also kletterte ich weiter. Die Sekunden wurden zu Stunden. Doch die paar Augenblicke, die ich mir durch meinen plötzlichen Aufbruch ergattert hatte, zusammen mit meiner Jugend und Stärke, verschafften mir einen enormen Vorteil. Obgleich ein paar Gestalten völlig lautlos hinter mir herrannten – und ihre Lautlosigkeit dünkte mich schrecklicher als irgendein Laut, den sie hätten von sich geben können –, erreichte ich ziemlich mühelos den

Gipfel des Hügels. Ich habe seither den Vesuvkegel erklettert, und während ich, umgeben von Schwefeldämpfen, dort hinaufstieg, tauchte in mir die Erinnerung an jene furchtbare Nacht in Montrouge wieder auf; so lebhaft war die Erinnerung, dass mir fast schwindelte.

Der Hügel war einer der höchsten in der Gegend, und als ich oben auf dem Kehrichtberg ankam – ganz außer Atem, und mein Herz pochte wie ein Vorschlaghammer –, da erblickte ich weit drüben auf der linken Seite einen rötlichen Lichtschein, und noch näher flackerten ein paar Lichter. Gott sei Dank! Nun wusste ich wieder, wo ich war und wo die Straße nach Paris lag!

Zwei, drei Sekunden lang wagte ich rückwärts zu sehen. Meine Verfolger waren immer noch weit hinter mir, aber sie arbeiteten sich entschlossen aufwärts – alle in absoluter Stille. Dort unten lag die Hütte in Trümmern – eine Masse von Brettern und wild sich bewegenden Gestalten. Ich konnte sie deutlich sehen, denn die Flammen begannen bereits herauszuschießen. Die Lumpen und das Stroh hatten wohl an der Laterne Feuer gefangen. Völlig ruhig war es dort unten! Kein Laut ließ sich vernehmen. Diese Menschenruinen verstanden wenigstens, anständig zu sterben.

Mir blieb nicht mehr Zeit als für einen flüchtigen

Blick. Denn als ich einen Blick den Kehrichthügel vor mir hinunterwarf, ehe ich hinabrennen wollte, sah ich mehrere dunkle Gestalten von beiden Seiten daherhuschen, um mir den Weg abzuschneiden. Nun musste ich um mein Leben laufen. Sie versuchten, mir den Weg nach Paris zu versperren, und aus momentanem Instinkt rannte ich nach rechts hinunter. Ich kam gerade noch zurecht, denn obgleich mir schien, ich brauche für den Weg hinunter bloß ein paar große Sätze, drehten sich die schlauen alten Gauner um, und beinahe hätte mich der eine, als ich an ihm vorbeiraste, mit der furchtbaren Schlächteraxt erwischt. Bestimmt gab es hierherum nicht zwei derartige Waffen!

Und nun begann eine wahrhaft entsetzliche Jagd. Zwar konnte ich die Distanz zwischen den alten Männern und mir halten, und auch, als nun ein paar jüngere und auch Frauen sich zu den Verfolgern gesellten, konnte ich sie mir recht leicht vom Leibe halten. Aber ich kannte den Weg nicht, konnte mich nicht einmal nach dem Widerschein am Himmel richten, denn ich rannte in der entgegengesetzten Richtung. Ich habe einmal gehört, dass ein Gehetzter immer nach links tendiert, es sei denn, er laufe bewusst anders; und ich fand jetzt heraus, dass dem tatsächlich so war. Und auch meine Verfolger schienen es zu wissen, glichen sie doch eher tierischen

Wesen als Menschen; aus Schlauheit oder Instinkt hatten sie die Geheimnisse der Natur längst enträtselt: Denn gerade als ich nach einem angestrengten Spurt glaubte, mich etwas ausruhen zu können, erblickte ich vor mir zwei oder drei Gestalten, die soeben völlig geräuschlos hinter einem Haufen Kehricht zu meiner Rechten auftauchten.

Nun war ich buchstäblich im Spinnennetz! Aber zugleich mit dieser neuen Erkenntnis der Gefahr stellte sich auch schon die Eingebung des Gehetzten ein. Ich bog blitzschnell nochmals nach rechts ab und lief in dieser Richtung etwa hundert Meter weiter, bog nach links und war damit sicher, dass ich der Gefahr der Einkreisung entgangen war.

Doch nicht der Verfolgung! Schon waren sie wieder hinter mir her, die menschlichen Ratten, unablässig, erbarmungslos und immer noch in vollkommener Lautlosigkeit.

In der zunehmenden Dunkelheit schienen mir die Kehrichthügel etwas kleiner zu sein als vorher, obschon – es war nun fast völlig dunkel – eher breiter. Ich hatte nun einen guten Vorsprung vor meinen Verfolgern; also rannte ich den nächsten Hügel hinauf.

Freude über Freude! Ich stand ganz nahe am Rande dieser Kehrichthölle! Weit hinter mir sah ich den roten Widerschein der Lichter von Paris, und dahinter zeichnete sich der Montmartre-Hügel deutlich ab, ein schwaches Lichtermeer, aus dem sich vereinzelte leuchtende Punkte wie Sterne abhoben.

Das gab mir augenblicklich meine Kraft zurück. Ich rannte über die paar letzten Kehrichthaufen, die immer niedriger wurden, hinweg und befand mich auf einmal auf ebenem Land. Doch auch jetzt noch war die Situation nicht einladend. Denn vor mir war alles in Dunkelheit und Unkenntlichkeit getaucht, und ich war offenbar auf eine der feuchten Tiefebenen geraten, wie man sie so oft in der Nähe großer Städte antreffen kann. Öde, verlassene Plätze sind es, die zur Anhäufung alles dessen, was verderblich und ungesund ist, dienen und deren Boden derart armselig ist, dass niemand, und sei er auch der ärmlichste hergelaufene Ansiedler, den Wunsch verspürt, sich dort niederzulassen. Meine Augen hatten sich jetzt an das Sehen bei Nacht gewöhnt, zudem war ich ja aus den Schlagschatten der schauderhaften Kehrichthaufen heraus. So konnte ich bedeutend besser sehen als vorher. Es mochte auch sein, dass der Widerschein der Lichter von Paris sich bis hierher bemerkbar machte. Sei dem, wie es wolle, jedenfalls konnte ich genug erkennen, um mich auf eine gewisse Distanz zu orientieren.

Vor mir lag eine finstere, öde Ebene, die nicht

die geringste Erhöhung aufwies, hier und dort unterbrochen von stumpf schimmernden, stehenden Wassertümpeln. Offenbar ziemlich weit zu meiner Rechten konnte ich im unsicheren Schein einiger weitverstreuter Lichter die dunkle Masse von Fort Montrouge erkennen, und weit, weit links drüben in der verschwimmenden Ferne und hervorgehoben durch vereinzelte Lichter aus den Fenstern von Bauernhäusern stand am Himmel der Widerschein von Bicêtre. In Sekundenschnelle hatte ich mich für die Richtung nach rechts entschieden, denn ich wollte versuchen, Montrouge zu erreichen. Dort nämlich würde ich einigermaßen in Sicherheit sein, und vielleicht erreichte ich schon bald auf dem Weg dorthin einen mir bekannten Kreuzweg. Irgendwo hier herum musste sich die strategische Straße befinden, welche die um die Stadt in einem Kreis angeordneten Festungen untereinander verband.

Und dann schaute ich zurück. Dort kamen sie schon daher, eine ganze Anzahl von Gestalten, die sich dunkel vom grellen Horizont der Lichter von Paris abhoben, und rechts drüben wieder einige, die ausschwärmten, um mir den Weg abzuschneiden.

Meine Fluchtmöglichkeit wurde immer mehr beschnitten. Ich hatte nur noch die Wahl, geradeaus oder nach links zu fliehen. Ich beugte mich tief zur Erde, damit ich so den Horizont mit meinen Augen schärfer absuchen konnte, und spähte in jene Richtung. Kein Feind in Sicht. Ich überlegte mir, warum sie das Gebiet vor mir nicht bewachten, und kam zum Schluss, dass mir wahrscheinlich von dort ohnehin Gefahr drohe. Ich entschloss mich trotzdem, geradeaus weiterzurennen.

Es war keine einladende Aussicht, und die Wirklichkeit wurde mit jedem Schritt noch viel schlimmer. Der Boden wurde erst weich und dann wässerig, und immer wieder gab er plötzlich unter mir auf beängstigende Weise nach. Ich schien immer tiefer hineinzugeraten, denn um mich herum hatte sich der Boden leicht gehoben; dabei hatte er vorher völlig eben ausgesehen. Ich drehte mich um, konnte aber keinen meiner Verfolger entdecken. Das dünkte mich eigenartig, denn diese Gestalten der Finsternis hatten mich bis jetzt auf Schritt und Tritt verfolgt, als wäre es noch heller Tag. Ich machte mir insgeheim Vorwürfe, dass ich meinen hellen Tweedanzug für dieses Abenteuer ausgesucht hatte. Die tödliche Stille und meine Unfähigkeit, die Verfolger zu sehen – während sie mich bestimmt in jeder Bewegung beobachten konnten –, wurden fast zu viel für mich, und in der unbestimmten Hoffnung, es könne mich vielleicht jemand außer dieser schrecklichen Bande hören, schrie ich ein paarmal, so laut ich konnte. Nicht das geringste Echo war zu vernehmen. Einen Augenblick lang stand ich stockstill da und schaute angestrengt in eine Richtung. Auf einem der etwas höher gelegenen Punkte glaubte ich etwas Dunkles sich bewegen zu sehen, dann noch etwas und noch eine Gestalt. Das war links von mir, und sie bewegten sich offenbar vorwärts, um mir den Weg abzuschneiden.

Wiederum dachte ich, ich könne als guter Läufer meine Feinde in diesem Spiel auf Leben und Tod abschütteln; also stürzte ich mit neuem Schwung, und so schnell ich es vermochte, vorwärts. Platsch!

Meine Füße waren in einer schleimigen Masse Unrat versunken, und ich fiel der Länge nach in eine stinkende Pfütze. Meine Arme verschwanden bis zum Ellbogen in fauligem, ekelerregendem Wasser, und durch den Fall hatte ich sogar etwas davon schlucken müssen. Ich erstickte beinahe daran und rang nach Luft. Nie werde ich jene Sekunden vergessen, in denen ich mich mühsam aufrappelte und versuchte, mich gegen die Ohnmacht zu wehren, in die ich durch die Gase des Unrats zu fallen drohte. Ringsum schwebte in gespenstischen Fetzen der Bodennebel. Und, was noch schlimmer war, ich sah vor meinen Augen – während ich dort hilflos stand – die finsteren Gestalten meiner Verfolger ihr Netz um mich enger ziehen.

Eigenartig, wie unser Gehirn an die ausgefallensten Dinge denkt, auch dann, wenn alle geistigen Fähigkeiten sich auf irgendeine fürchterliche und unausweichliche Gefahr zu konzentrieren scheinen. Hier war ich in unmittelbarer Lebensgefahr: Meine Rettung hing von sofortigem Handeln ab, von meiner augenblicklichen Entscheidung über jeden meiner nächsten Schritte – und dennoch musste ich an die Beharrlichkeit dieser alten Männer denken. Ihre lautlose Entschlossenheit, ihr unablässiges, grimmiges Beharren sogar in dieser finsteren Absicht, forderte mir nicht nur Furcht, sondern auch einen gewissen Respekt ab. Mussten das Kerle gewesen sein, als sie noch ihre volle Jugendkraft besaßen! Ich konnte nun auch jenen wirbelsturmartigen Angriff auf die Brücke von Arcole verstehen und jenen verachtungsvollen Ausruf der Alten Garde bei Waterloo!

Unterschwellige Gedankengänge haben ihren ganz besonderen Reiz, sogar in derartigen Augenblicken. Glücklicherweise kommen sie jedoch nicht in Konflikt mit den Überlegungen, aus denen das Handeln hervorgeht.

Mit einem Blick erkannte ich, dass meine Absicht durchkreuzt war, dass meine Feinde mir vorderhand überlegen waren. Es war ihnen gelungen, mich auf drei Seiten einzukreisen und mich nach links abzudrängen, wo bereits irgendeine unbekannte Gefahr auf mich lauerte, denn dort hatten sie keine Wachen aufgestellt. Ich fügte mich in die Alternative – wenn es eine war. Es ging hier eher um »Vogel friss – oder stirb«. Ich musste die Niederungen für meine Flucht benutzen, da meine Verfolger sich auf den höher gelegenen Punkten aufgestellt hatten. Und obschon der Schlamm und die Löcher mich behinderten, ermöglichten mir meine Jugend und mein körperliches Training, einen kleinen Vorsprung zu behaupten. Ich schlug eine diagonale Richtung ein und verhinderte dadurch, dass sie mir näher kommen konnten, ja ich vergrößerte sogar den Abstand zwischen ihnen und mir. Das gab mir neuen Auftrieb und neue Kraft, und nun begann sich auch mein ständiges Training durchzusetzen: Ich konnte wieder atmen. Vor mir stieg der Boden langsam an. Ich rannte den Abhang hinauf und gewahrte vor mir ein von wässerigem Schlamm bedecktes Flachland und dahinter einen niedrigen Damm oder Wall, der schwarz und grimmig aussah. Ich hatte das Gefühl, dass ich, wenn ich nur diesen Damm sicher erreichen könnte, festen Grund unter den Füßen haben würde sowie eine Art von Fußpfad, dem entlang ich relativ leicht einen Ausweg aus meinen Schwierigkeiten würde finden können. Ich spähte nach rechts, dann nach links, konnte aber niemand in der Nähe entdecken; darum brauchte ich meine Augen, um endlich meinen Füßen zu helfen, damit sie besser durch den Sumpf kämen. Es war schwere und schlimme Arbeit, doch eben nur das, und wenig Gefahr dabei. In wenigen Augenblicken war ich beim Damm angekommen.

Und da erwartete mich erneute Aufregung: Zu beiden Seiten des Dammes standen plötzlich Gestalten auf, die alle ein langes Seil festhielten. Sie stürzten sich auf mich … Der Cordon war fast lückenlos, ich sah weder nach links noch nach rechts einen Ausweg. Das Ende schien nah.

Noch gab es eine einzige Chance, und ich nutzte sie. Mit einem Riesensprung stürzte ich mich vom Deich ins Wasser und entkam den Klauen meiner Feinde durch den Sprung in den Fluss. Zu jeder anderen Zeit hätte ich dieses Wasser als faul und schmutzig angesehen, doch jetzt war es mir so willkommen, als wäre es ein kristallklares Nass für den verdurstenden Reisenden. Es bedeutete für mich eine Straße in die Rettung!

Meine Verfolger rannten mir nach. Hätte bloß einer von ihnen das lange Seil festgehalten, wäre es um mich geschehen gewesen; denn dann hätte er mich damit einfangen können, ehe ich auch nur einen einzigen Zug zu schwimmen vermochte. Aber da so viele Hände das Seil hielten, kamen sie einander gegenseitig in den Weg – und als das Seil endlich ins Wasser klatschte, tat es das weit hinter mir. Angestrengte Schwimmzüge brachten mich rasch auf die andere Seite des Flusses. Erfrischt vom kalten Bad und ermutigt durch die erneut geglückte Flucht, erkletterte ich den Deich und war beinahe gehobener Stimmung darüber.

Von oben auf dem Damm schaute ich zurück. Durch die Dunkelheit bemerkte ich meine Angreifer, wie sie den andern Damm auf und ab rannten. Die Verfolgung war offenbar noch nicht abgeblasen, und wieder hatte ich mich zu entscheiden. Auf der andern Seite des Deichs, auf dem ich jetzt stand, dehnte sich eine weitere sumpfige Ebene, ähnlich derjenigen, die ich soeben durchwatet hatte. Ich entschloss mich, diesmal nicht diesen Weg zu wählen, sondern gedachte, dem Damm nach der einen oder der anderen Seite entlangzurennen. Mir war, als vernähme ich den gedämpften Schlag von Rudern. Ich horchte hin – dann rief ich.

Keine Antwort! Doch das Geräusch des Ruderns hatte aufgehört. Meine Feinde mussten irgendein Boot aufgetrieben haben. Da sie sich oberhalb meines Standortes zu befinden schienen, wählte ich den Weg dammabwärts und begann zu laufen. Als ich gegenüber der Stelle, an der ich ins Wasser gesprungen war, vorbeikam, hörte ich es verschiedene Male platschen, und dann verstohlene Geräusche, wie eine Ratte sie beim Schwimmen erzeugt: Ich spähte genauer und sah, dass ein paar meiner Feinde nun ebenfalls durch den Fluss geschwommen kamen. Und dicht hinter mir vernahm ich jetzt durch die Stille das plötzliche Geknarre und Klatschen von Rudern. Meine Feinde waren dicht hinter mir her.

Ich nahm meine längsten Schritte hervor und rannte los. Nach etwa zwei Minuten sah ich mich um, und im fahlen Licht, das durch die Wolken brach, bemerkte ich, wie einige dunkle Gestalten etwas weiter hinter mir den Damm hochkletterten. Es war ein Wind aufgekommen, der jetzt das Wasser kräuselte, und bald brachen sich kleine Wellen am Damm. Ich musste meinen Blick ziemlich konzentriert auf den Boden vor mir gerichtet halten, wenn ich nicht wieder stürzen wollte – denn wenn ich diesmal stürzte, war es mein Tod! Ein paar Minuten später warf ich wieder einen Blick zurück: Auf dem Damm liefen bloß noch wenige, aber über die sumpfige Ebene kamen sie in großer Zahl daher. Was für eine neue Gefahr das für mich bedeuten sollte, erkannte ich im Augenblick noch nicht – ich konnte es höchstens vermuten. Und wie ich nun weiterrannte, fiel mir auf, dass mein Pfad langsam nach rechts abbog. Ich sah auf – und entdeckte, dass der Fluss viel breiter geworden war und dass der Damm, auf dem ich dahinrannte, immer weiter zurückfiel, ja dass nun auf seiner anderen Seite ebenfalls Wasser zu sehen war. Ich musste mich auf einer Art Insel befinden.

Nun war meine Lage wirklich äußerst gefahrvoll. Meine Feinde hatten mich nun auf allen Seiten eingekreist. Hinter mir vernahm ich das immer rascher werdende Geräusch von Rudern, als wüssten meine Feinde, dass das Ende nahe war.

Rings um mich nichts als Öde, kein Dach, kein Licht, so weit ich blicken mochte. Weit rechts drüben erhob sich eine dunkle Masse, doch was sie bedeutete, konnte ich nicht erkennen. Einen Augenblick hielt ich inne, um meinen nächsten Schritt zu überlegen; weiter durfte ich nicht denken, denn meine Verfolger waren mir wieder dicht auf den Fersen. Und nun wusste ich, was ich wollte: Ich glitt den Hang hinab und ins Wasser. Rasch schwamm ich der Mitte zu, um in die Strömung zu gelangen, denn rund um die Insel – es war tatsächlich, wie ich vermutet hatte – lag Brackwasser. Nun wartete ich, bis eine Wolke vor den Mond zog und alles in Dunkelheit hüllte. Ich nahm meinen Hut ab und legte ihn leicht auf das dahinfließende Wasser. Im nächsten Augenblick war ich untergetaucht und schwamm unter Wasser nach rechts, so rasch es ging. Ich war vielleicht eine halbe Minute unter Wasser gewesen, als ich wieder auftauchte, so leise es nur ging, und mich umsah. Dort drüben schwamm mein hellbrauner Hut lustig auf dem Wasser, und dicht dahinter ein wurmstichiges altes Boot, das von einem Paar Rudern wild vorwärtsgetrieben wurde; der Mond stand immer noch zum Teil hinter treibenden Wolken, doch im Zwielicht konnte ich einen Mann im Bug erkennen, der etwas schlagbereit in die Höhe hielt, was mir aussah wie jene furchtbare Schlächteraxt, der ich schon einmal entkommen war. Noch während ich starrte, fuhr das Boot näher an den Hut heran, und dann schlug der Mann wütend zu. Der Hut verschwand. Der Mann fiel vornüber und fast über den Bootsrand hinaus. Die andern zogen ihn wieder ins Boot, aber seine Axt hatte er fallen gelassen. Und als ich nun mit neuer Energie das Wasser zerteilte, um rasch an das andere Ufer zu kommen, hörte ich ein Durcheinander von unterdrückten Flüchen. Wie zornig mussten meine Verfolger jetzt sein!

Das war der erste Laut, den ich während der ganzen Verfolgungsjagd vernommen hatte, und sosehr diese *»Sacré«*-Ausrufe Bedrohung und Gefahr für mich bedeuteten, sosehr waren sie mir anderseits willkommen. Sie zerstörten die entsetzliche Lautlosigkeit meiner Verfolger, bewiesen mir, dass ich es mit Menschen und nicht mit Geistern zu tun hatte, dass ich also gegen sie immerhin die Chance hatte,

Mann gegen Mann zu kämpfen – wenn auch einer gegen viele.

Doch als nun der Zauber der Lautlosigkeit gebrochen war, kamen die Rufe eng und schneller aufeinander. Vom Boot ans Ufer und wieder zurück schwirrten Fragen und Antworten durcheinander, alles in hörbarem Getuschel. Ich sah mich um – welch ein verhängnisvoller Fehler –, denn sofort entdeckte einer mein weißes Gesicht auf der dunklen Wasseroberfläche –, und schon schrie er auf. Hände zeigten auf mich, und einen Augenblick darauf war das Boot in schneller Bewegung auf mich zu. Ich hatte bloß noch ein paar Züge zu schwimmen, doch nun war das Boot direkt hinter mir. Jeden Moment erwartete ich den zerschmetternden Ruderschlag auf meinen Kopf. Hätte ich nicht mit eigenen Augen gesehen, wie die schauderhafte Schlächteraxt im Wasser verschwunden war, ich hätte das Ufer nicht zu erreichen vermocht. Ich hörte die unterdrückten Flüche der Männer, die nicht rudern mussten, und das stöhnende Atmen der Ruderer. Mit einem letzten höchsten Anlauf – es ging um Leben oder Freiheit – fühlte ich Boden unter meinen Füßen, erreichte das Ufer und rannte hinauf. Keine einzige Sekunde war zu verlieren gewesen, denn ich hörte, wie das Boot auf Grund lief, und sah die dunklen Gestalten schon wieder hinter mir herrennen. Ich erreichte die Höhe des Dammes, hielt mich nach links und rannte los. Das Boot war wieder im Wasser und folgte mir flussabwärts. Sogleich erkannte ich die Gefahr, machte rechtsumkehrt, rannte auf der andern Seite des Dammes hinunter, und nach einer kurzen Strecke auf Marschland hatte ich festen Boden unter den Füßen und konnte nun wirklich loslegen.

Und immer noch setzten die Verfolger mir nach. Weit drüben, etwas unterhalb von dort, wo ich war, erkannte ich jene schwarze Masse wieder, die ich zuvor bemerkt hatte, doch nun war sie bedeutend näher und größer.

Mein Herz tat einen Freudensprung: Ich wusste jetzt, dass dies Fort Bicêtre sein musste. Mit neuem Mut rannte ich weiter. Ich hatte gehört, dass zwischen allen Festungen um Paris herum strategische Straßen angelegt sind, tief eingelassene Wege, in denen Soldaten ungesehen von den Feinden sich bewegen können. Ich wusste, dass, wenn ich diesen Weg jetzt erreichen konnte, mir nicht mehr viel Böses geschehen würde. Doch in der Dunkelheit konnte ich keine Spur davon entdecken. So blieb mir bloß die Hoffnung, durch Zufall darauf zu stoßen, und so rannte ich weiter.

Plötzlich stand ich am Rande einer tiefen Rinne: Dort unten verlief eine schmale Straße, die auf beiden Seiten von Wassergräben geschützt war, und dahinter zu beiden Seiten eine gerade, hohe Mauer.

Meine Kraft gab nach, mir wurde schwindlig, aber ich rannte immer noch. Der Boden wurde immer unebener – ich fiel hin, stand wieder auf und rannte, rannte in der fürchterlichen Angst des Gehetzten. Und noch einmal stählte mich der Gedanke an Alice. Ich durfte einfach nicht untergehen und so ihr Leben zugrunde richten. Ich musste kämpfen und mich verteidigen bis zum allerletzten Atemzug. Mit mächtiger Anstrengung konnte ich den Mauerkranz erreichen und mich wie eine Wildkatze hinaufziehen – und fühlte eben noch, wie eine Hand meine Fußsohle berührte. Nun stand ich auf einer Art Fahrdamm, und vor mir erblickte ich ein schwaches Licht. Blind vor Müdigkeit taumelte ich darauf zu, fiel hin, stand wieder auf, von Kopf bis Fuß mit Schmutz und Blut verschmiert.

»Halt! Wer da?«

Die Worte hallten wie eine Stimme vom Himmel in meinen Ohren. Ein Meer von Licht war über mir, und ich schrie vor Freude.

»Wer da?« Ein Gerassel von Karabinern und blitzender Stahl vor mir. Instinktiv hielt ich an, obschon ich meine Verfolger dicht hinter mir spürte.

Ein, zwei weitere Worte – und dann strömte, wie mir schien, eine Welle aus Rot und Blau aus dem

Festungstor: Die Wache war herausgerufen worden. Um mich herum ein blendendes Licht, glitzernder Stahl, das Geklingel und Gerassel von Waffen und laute, harte Kommandostimmen. Ich fiel vornüber, denn ich war vollkommen erschöpft, und ein Soldat fing mich auf. Ich schaute in furchtbarer Erwartung hinter mich und sah die Menge finsterer Gestalten in der Nacht verschwinden. Dann muss ich wohl ohnmächtig geworden sein. Als ich wieder zu mir kam, befand ich mich im Wachlokal. Jemand flößte mir Cognac ein, und etwas später konnte ich etwas von dem erzählen, was mir zugestoßen war. Es erschien ein Polizeikommissar von irgendwoher, wie das in Paris und bei der Pariser Polizei so üblich ist. Er hörte mir aufmerksam zu und besprach sich dann kurze Zeit mit dem Wachkommandanten. Offenbar hatten sie sich geeinigt, denn sie erkundigten sich bei mir, ob ich jetzt bereit sei mitzugehen.

»Wohin?«, fragte ich und stand schon auf.

»Zurück zu den Kehrichthügeln. Vielleicht erwischen wir die Kerle noch!«

»Ich will es versuchen!«, antwortete ich.

Einen Moment lang sah er mich scharf an und sagte dann:

»Möchten Sie lieber noch ein bisschen warten, oder vielleicht gar bis morgen, junger Engländer?«

Das brachte mich auf die Beine, genau, wie er beabsichtigt hatte.

»Los jetzt!«, rief ich, »jetzt, sofort! Ein Engländer ist immer da, wenn die Pflicht es verlangt!«

Der Kommissar war ein guter Kerl, nicht nur ein durchtriebener; also klopfte er mir auf die Schulter und sagte freundlich:

»Guter Junge! Verzeihen Sie mir, aber ich wusste, was Sie im Moment am dringendsten brauchten. Die Wache ist bereit, wir können gehen!«

Und schon waren wir durch das Wachlokal und in die Nacht hinausgeschritten, wobei wir durch einen langen gewölbten Gang kamen. Die vordersten Soldaten trugen starke Laternen. Durch Höfe und einen steilen Pfad gelangten wir in einen der tief eingelassenen Schutzwege – es musste derselbe sein, den ich auf meiner Flucht bemerkt hatte. Der Befehl: »Laufschritt – marsch!«, erschallte, und die Soldaten kamen in diesem eigenartigen Trott – halb gehend, halb laufend – erstaunlich rasch vorwärts. Meine alte Kraft stellte sich wieder ein – so ist das mit dem Unterschied zwischen Verfolgtem und Verfolger.

Nach ganz kurzer Zeit gelangten wir zu einer Pontonbrücke, die über den Fluss führte, ganz nahe der Stelle, wo ich ihn überquert hatte. Offenbar war von den Vagabunden der Versuch gemacht worden, sie zu beschädigen, denn die Seile waren alle zerschnitten, und eine der Ketten war geborsten. Ich hörte, wie der Kommissar zum Offizier sagte:

»Wir kommen grade noch zur rechten Zeit! Noch ein paar Minuten – und die Brücke wäre von ihnen zerstört gewesen. Vorwärts, schneller, schneller!«

Und weiter ging's. Wir kamen zu einer zweiten Pontonbrücke am sich windenden Fluss; als wir darauf zueilten, vernahmen wir das hohle Dröhnen der Schwimmkörper aus Metall, an denen die Gauner arbeiteten, um die Brücke zu zerstören. Ein Kommando ertönte – und einige Soldaten hoben die Gewehre.

»Feuer!« Und eine Salve krachte. Ein rasch unterdrückter Schrei ließ sich vernehmen. Dann waren die dunklen Gestalten verschwunden. Doch das Übel war geschehen. Wir sahen, wie das Ende der Brücke am anderen Ufer in den Strom hinausgetrieben wurde. Das bedeutete eine böse Schlappe und verzögerte unsere Vergeltungsaktion um beinahe eine Stunde. Die Seile mussten geflickt und die Brücke einigermaßen fixiert werden, damit wir den Fluss auf ihr überqueren konnten.

Wir nahmen die Verfolgung wieder auf. Immer rascher liefen wir auf die Kehrichthügel zu.

Und dann erreichten wir eine Stelle, die mir bekannt vorkam. Da lagen die Reste eines Feuers –

hier hatte es gebrannt. Noch immer glühten ein paar Holzstücke in der Asche, die außen herum aber bereits kalt war. Hier hatte die Hütte gestanden, dahinter lag der Hügel, den ich erklommen hatte, und im ersterbenden Licht des Feuers glänzten noch immer die Äuglein der Ratten aus dem Dunkel hervor, als wären sie aus Phosphor.

Der Kommissar richtete ein Wort an den Offizier, der daraufhin bellte:

»Halt!«

Die Soldaten erhielten den Befehl auszuschwärmen, und dann begannen wir die Reste der Hütte zu durchsuchen. Auch der Kommissar bemühte sich persönlich und hob verkohlte Bretter und Abfälle auf. Plötzlich fuhr er zurück und winkte mir heftig herzukommen.

»Sehen Sie her!«, sagte er.

Es war ein grausiger Anblick. Da lag vor uns ein Skelett mit dem Gesicht zur Erde – eine Frau, den Formen nach – eine alte Frau, den grobporigen Knochen nach zu schließen –, und zwischen den Rippen stak ein langer, nagelartiger Dolch, zugespitzt aus einem Wetzmesser. Die Spitze steckte in der Wirbelsäule.

»Sie werden bemerken«, meinte der Kommissar zum Offizier und zu mir, während er sein Notizbuch zückte, »dass die Frau auf ihren Dolch gefallen sein muss. Und es gibt hier viele Ratten – sehen Sie nur, wie ihre Augen dort in jenem Haufen von Knochen glitzern! – Und Sie werden auch bemerkt haben« – wie schauderte ich, als er seine Hand auf das Skelett legte! –, »dass sie für ihre Arbeit nicht viel Zeit verloren haben: Die Knochen sind noch warm!«

Es ließ sich aus keinem Laut schließen, dass noch andere Lebewesen außer uns in der Nähe waren. So verteilten wir uns denn wieder, und die Reihe der Soldaten rückte vor. Schließlich kamen wir zu der Konstruktion Wohnhaus-Kleiderschrank. Wir schritten darauf zu. In fünf von den sechs Regalen schliefen alte Männer – schliefen so fest, dass nicht einmal unsere grellen Laternen sie zu wecken vermochten. Alt und grimmig und grau sahen sie aus mit ihren verrunzelten, abgemagerten, wettergegerbten Gesichtern und ihren weißen Schnäuzen.

Der Offizier ließ ein hartes, lautes Kommando ertönen – und im nächsten Augenblick standen die fünf fest auf ihren Füßen und in ›Habt-Acht-Stellung‹.

»Was tut ihr hier?«

»Wir schlafen«, war die Antwort.

»Wo sind die anderen Lumpensammler?«, wollte der Kommissar wissen.

»Arbeiten gegangen.«

»Und ihr?«

»Wir sind auf Wache!«

»Den Teufel seid ihr!«, lachte der Offizier grimmig auf, während er jeden der alten Soldaten einzeln musterte. Dann fügte er mit berechneter Grausamkeit hinzu: »So? Eingeschlafen auf Wache! Ist das der Stil der Alten Garde? Kein Wunder, dass es ein Waterloo gab!«

Im Scheine der Laternen konnte ich erkennen, wie totenbleich daraufhin die Gesichter der Alten wurden. Mich schauderte, als ich in ihre Augen schaute, während das Lachen der Mannschaft den bösen Witz des Offiziers kommentierte.

In diesem Augenblick fühlte ich mich irgendwie gerächt. Einen Moment lang sah es aus, als wollten sich die alten Männer auf ihren Peiniger stürzen, doch das Leben hatte sie in langen Jahren geschult, und so verhielten sie sich still.

»Ihr seid ja bloß fünf«, meinte der Kommissar. »Wo ist der sechste?«

Die Antwort kam, begleitet von einem hässlichen Lachen.

»Dort drüben!«, und dabei zeigte der Sprecher auf den Boden des Schranks. »Er starb letzte Nacht. Sie werden nicht mehr viel von ihm finden. Die Rattenbegräbnisse gehen sehr schnell!«

Der Kommissar bückte sich vor und schaute hinein. Dann drehte er sich zum Offizier und sagte ruhig:

»Wir können geradeso gut wieder umkehren. Hier gibt's keine Spuren mehr. Keine Beweismöglichkeit, dass der Mann hier derselbe ist, der von den Kugeln Ihrer Soldaten getroffen wurde. Wahrscheinlich haben die andern hier ihn ermordet, um die Spur zu verwischen. Sehen Sie nur!« Und wieder beugte sich der Kommissar vor und legte seine Hand auf das Skelett. »Die Ratten tun schnelle Arbeit. Und es sind ihrer viele. Diese Knochen sind warm!«

Mich schauderte. Den andern um mich her ging es ebenso.

»Antreten!«, rief der Offizier. Und so marschierten wir im Tritt aus den Kehrichthügeln hinaus und zurück zum Fort Bicêtre, die Laternenträger voraus und die gefesselten Veteranen in der Mitte.

Mein Probejahr ist vor langer Zeit zu Ende gegangen, Alice ist meine Frau geworden. Und wenn ich heute auf jene lästigen zwölf Monate zurückblicke, dann drängt sich mir als lebendigste Erinnerung diejenige an das Erlebnis in der Kehrichtstadt auf.

Das Geheimnis des wachsenden Goldes

Als Margaret Delandre auf Brent's Castle einzog, machte sich die ganze Nachbarschaft auf einen völlig neuen Skandal gefasst. Der Skandale in Bezug auf die Delandre-Familie und auf die Brents von Brent's Castle waren nicht wenige; und hätte man die wahren Zusammenhänge hinter der Geschichte der Grafschaft genau aufgezeichnet, dann wäre man immer wieder auf diese beiden Namen gestoßen. Es ist richtig, dass das gesellschaftliche Niveau der beiden Familien derart verschieden war, dass sie ebenso gut zwei verschiedenen Kontinenten oder gar zwei verschiedenen Welten hätten angehören können; denn ihre Umlaufbahnen hatten sich bisher nie gekreuzt. Den Brents wurde überall in diesem Teil des Landes eine absolute gesellschaftliche Überlegenheit zugestanden. Sie hatten sich ja schon immer so haushoch über die Gutsbesitzerklasse – zu der ebenjene Margaret Delandre gehörte – erhaben gefühlt, wie das ein blaublütiger spanischer Hidalgo mit seinen Lehnsbauern zu tun pflegt.

Die Familie der Delandre gehörte einem alten Geschlecht an und war darüber mindestens ebenso stolz wie die Brents auf ihre Herkunft. Doch hatte sich die Familie nie über den Gutsbesitzerstand zu erheben vermocht. Und obschon sie in früheren Jahren, das heißt in der guten alten Zeit, als es in fernen Ländern Krieg und dadurch Protektion gegeben hatte, recht eigentlich wohlhabend gewesen war, hatte sich ihr Vermögen unter der sengenden Sonne des freien Handels und in den ›fröhlichen Friedenszeiten‹ recht eigentlich aufgelöst. Sie waren – wie ältere Familienmitglieder das auszudrücken pflegten – »der Scholle treu geblieben«, mit dem Ergebnis, dass sie darin Wurzeln geschlagen hatten, und zwar körperlich sowohl als seelisch. Und da sie tatsächlich das Leben der Pflanze für sich gewählt hatten, so hatten sie sich auch wie die Pflanze entwickelt – sie erblühten und gediehen in guten Zeiten, und sie litten in den schlechten. Ihr Gut – Dander's Croft – schien abgewirtschaftet zu sein, was auch für die Familie typisch sein mochte, die es bewohnt hatte. Denn diese Familie war von Generation zu Generation immer tiefer gesunken; hie und da hatte sie vergeblich einen jungen Zweig in seiner unbefriedigten Energie in Form eines Soldaten oder Seemannes ausgesandt, der sich etwa bis in die subalternen Dienstgrade hatte emporarbeiten können, dann aber dort steckengeblieben war, und zwar entweder aus Tollkühnheit vor dem Feind oder dann aus der einem jungen Manne ohne Klasse und Erziehung so verderblichen Gesinnung – der Erkenntnis, dass er in diese hohe Stellung nicht passt, dass er sie nicht auszufüllen vermag. Darum sank die Familie nach und nach immer tiefer; die Männer brüteten finster vor sich hin und tranken sich in ein frühes Grab, und die Frauen rackerten sich zu Hause ab oder heirateten unter ihrem Stand – oder es wurde noch Schlimmeres aus ihnen. Mit den Jahren verschwand ein Familienmitglied nach dem anderen, und schließlich blieben bloß noch zwei in Dander's Croft: Wykham Delandre und seine Schwester Margaret. Der Mann sowohl als auch die Frau schienen – er die männliche, sie die weibliche Abart – alle üblen Charaktereigenschaften ihrer Rasse geerbt zu haben, und all das Böse war ihnen gemeinsam, obgleich sie es auf verschiedene Weise zum Ausdruck brachten: finstere Leidenschaft, Wollust und Tollkühnheit.

Die Familiengeschichte der Brents verlief ganz ähnlich, doch zeigte sich ihr Verfall in eher aristokratischer als in plebejischer Weise. Auch diese Familie hatte ihre Söhne in den Krieg geschickt; doch deren Stellungen waren anderer Art, und sie hatten sich des Öfteren ausgezeichnet – denn ausnahmslos waren sie tapfer gewesen, und sie hatten große und kühne Taten vollbracht, ehe die selbstsüchtigen Ausschweifungen, von denen sie nun gezeichnet waren, ihre Kräfte aufgezehrt hatten.

Das derzeitige Haupt der Familie – wenn man das noch eine Familie nennen kann, wo nur noch ein einziges Glied der direkten Adelslinie vorhanden war – bestand in Geoffrey Brent. Er durfte beinahe als der klassische Typ einer degenerierten Familie gelten, der einerseits deren hervorragendste Eigenschaften verkörperte, anderseits deren absolute Verkommenheit. Man konnte ihn sehr wohl mit einem jener antiken italienischen Edelleute vergleichen, die uns von Malern überliefert wurden und in deren Gesichtern sich Mut, Skrupellosigkeit, raffinierte Genusssucht und Grausamkeit spiegeln – das Wollüstige also mit dem potentiell Abnormen. Brent war bestimmt ein stattlicher Mann, mit jener dunklen, herrischen Schönheit des Raubvogels, der sich die Frauen im Allgemeinen so gerne unterwerfen. Männern gegenüber blieb er abweisend und kalt. Doch eine derartige Haltung hat Frauen noch nie abgeschreckt. Die undurchsichtigen Gesetze der Geschlechtlichkeit haben es so eingerichtet, dass auch eine schüchterne Frau sich vor einem wilden und herrischen Mann nicht fürchtet. So kam es denn, dass kaum eine einzige Frau, aus welcher

Klasse auch immer, im weiteren Umkreis von Brent's Castle nicht insgeheim für den stattlichen Wüstling ein bisschen schwärmte. Das bedeutete eine ausgedehnte Schar von bewundernden Frauen, denn Brent's Castle ragte steil aus einer flachen Gegend auf, und man konnte es auf hundert Meilen in der Runde erblicken; mit seinen hohen alten Türmen und steilen Dächern unterbrach es die langweilige Fläche, bestehend aus Wald und Dorf und weitverstreuten Herrenhäusern.

Solange Geoffrey Brent seine Ausschweifungen auf London, Paris und Wien beschränkte – das heißt also: irgendwo fern von seinem Heim –, so lange schwieg die öffentliche Meinung dazu. Es ist nämlich relativ leicht, ohne innere Anteilnahme fernen Gerüchten zuzuhören. Wir können sie ungläubig unter den Tisch wischen, mit Verachtung meinetwegen oder Sarkasmus, oder uns sonst irgendwie kalt und unberührt dazu äußern, je nachdem es uns passt. Doch sobald der Skandal sich in der Nähe der Heimat abspielte, war es eine ganz andere Sache. Und das Unabhängigkeits- und Anstandsgefühl, das in jeder noch nicht völlig verdorbenen Gemeinde spürbar ist, verschaffte sich Gehör und verlangte eine klare Verurteilung. Dennoch bestand bei all dem eine gewisse Zurückhaltung, so dass aus der Affäre nicht mehr gemacht wurde als unbedingt nötig. Margaret Delandre betrug sich so furchtlos und ohne ein Hehl aus der Situation zu machen – sie anerkannte deutlich ihre Stellung als die berechtigte Partnerin von Geoffrey Brent auf so ungezwungene Art, dass die Leute zu glauben begannen, sie sei heimlich mit ihm verheiratet, und sie zogen es deshalb vor, ihre Mäuler zu halten, damit nicht eines Tages die Zeit ihr recht geben würde und sie zu einer richtigen Feindin der Schwätzer machen könnte.

Der einzige Mensch, der sich in diese Geschichte hätte einmischen können und alle Zweifel beseitigen, war Wykham Delandre. Er hatte sich mit seiner Schwester überworfen – oder vielleicht war es umgekehrt –, und sie standen einander jetzt nicht nur in bewaffneter Neutralität, sondern in bitterem Hass gegenüber. Der Streit war kurz vor Margarets Umzug nach Brent's Castle ausgebrochen. Sie hatten sich so gezankt, dass es beinahe zu Tätlichkeiten gekommen war. Jedenfalls hatte es von der einen wie von der anderen Seite an Drohungen nicht gefehlt. Und schließlich hatte Wykham, vor ohnmächtiger Wut stotternd, seine Schwester aus dem Haus gejagt. Auf der Türschwelle hatte sie sich umgedreht und Wykham ins Gesicht geschrien, er werde in Schande und Verzweiflung diese seine Tat bereuen, bis er sterbe. Seither waren einige Wochen vergangen. Man hörte überall, Margaret sei nach London gefahren – da tauchte sie plötzlich mit Geoffrey Brent zusammen auf, fuhr mit ihm aus, und ehe der Abend hereingebrochen war, wussten alle Nachbarn, dass sie bereits auf Brent's Castle wohne. Man war durchaus nicht überrascht, dass Brent plötzlich wiederaufgetaucht war; es gehörte zu seinen Gewohnheiten, unerwartet zu erscheinen. Sogar seine eigenen Hausangestellten wussten nie, wann er plötzlich dastehen würde, denn es gab in dem Schloss einen Privateingang, zu dem er allein den Schlüssel besaß, so dass er manchmal hereinkam, ohne dass irgendeiner davon wusste. Meistens geschah das nach einer langen Abwesenheit.

Wykham Delandre wurde wütend, als er die Neuigkeit erfuhr. Er schwor Rache – und damit sein Geist mit seiner Wut Schritt zu halten vermöge, trank er hemmungsloser denn je. Er versuchte verschiedene Male, seine Schwester zu besuchen, doch voller Verachtung weigerte sie sich, ihm entgegenzutreten. Er versuchte eine Unterredung mit Brent zu erzwingen, doch auch der wies ihn ab. Dann wollte er ihn auf der Straße anhalten, doch das war ein vergebliches Bemühen, denn Brent war nicht der Mann, der sich gegen seinen Willen aufhalten ließ. Einige Male begegneten einander die beiden Männer tatsächlich, und weitere Begegnungen wurden angedroht – und vermieden. Schließlich musste sich Wykham Delandre – finster und rachsüchtig zwar – in die Lage fügen.

Weder Margaret noch Geoffrey besaßen ein friedliches Temperament, darum dauerte es auch nicht lange, bis zwischen ihnen Streit ausbrach. Ein Wort gab das andere, und der auf Brent's Castle in Strömen fließende Wein tat das Seine dazu. Zeitweilig nahm der Zank heftigere Formen an, so dass eigentliche Drohungen in unzweideutigen Worten ausgetauscht wurden. Die lauschenden Hausangestellten bekamen es dann mit der Angst zu tun. Doch pflegten diese Streitigkeiten dort zu enden, wo häusliche Auseinandersetzungen meistens enden: mit einer Versöhnung und mit gegenseitigem Respekt für die kämpferische Veranlagung des andern, entsprechend der Heftigkeit, mit der der Streit geführt worden war. Streit um des Streitens willen wird von einer gewissen Klasse in der ganzen Welt als faszinierende Übung angesehen, und es liegt kein Grund vor anzunehmen, dass häusliche Zustände die Kraft dieser Anschauung zu schwächen vermöchten. Geoffrey und Margaret waren hie und da von Brent's Castle abwesend – und jedes Mal, wenn sie fort waren, war auch Wykham Delandre nicht zu Hause. Doch da er meistens zu spät von der Abreise der beiden erfuhr, kehrte er jedes Mal verbitterter und unzufriedener als zuvor wieder zurück.

Endlich kam die Zeit, in der die Abwesenheit des Paares von Brent's Castle sich länger hinzog als zuvor. Kaum einige Tage vor der Abreise hatte es einen heftigen Streit gegeben, der schlimmer war als alle vorigen. Doch auch dieses Mal hatte man sich versöhnt, und die Hausangestellten hatten etwas von einer Reise nach dem Kontinent aufgeschnappt. Ein paar Tage später verreiste auch Wykham Delandre, und er kam erst einige Wochen später zurück. Den Leuten fiel auf, dass er sich irgendwie wichtiger vorkam als zuvor: erfüllt von einer Befriedigung, ja von einem inneren Triumph – es fiel ihnen schwer, ein Wort für sein Verhalten zu finden. Er begab sich geradewegs nach Brent's Castle und verlangte Geoffrey zu sprechen. Als man ihm den Bescheid gab, der Herr sei noch nicht zurück, äußerte er sich, wie die Diener bemerkten, mit grimmiger Entschlossenheit etwa so:

»Ich komme wieder. Meine Neuigkeiten haben Hand und Fuß – die Sache kann warten!«

Und dann drehte er sich um und ging weg. Woche um Woche, Monat um Monat vergingen. Und dann verbreitete sich das Gerücht, im Tale von Zermatt sei ein Unglück geschehen: Beim Überqueren eines gefährlichen Passes sei der Wagen, in dem eine englische Dame und ihr Kutscher sich befunden hätten, über den Weg hinausgefahren und in einen Abgrund gestürzt. Der Herr, der sich auch in dem Wagen befunden habe, Geoffrey Brent nämlich, sei nicht mit hinuntergestürzt, weil er zur Zeit des Unfalls hinter dem Wagen hergegangen sei, um es den Pferden leichter zu machen. Er war es, der den Alarm auslöste, so dass eine Rettungsmannschaft sich auf die Suche nach den Verunglückten machte. Das zerbrochene Geländer, der aufgewühlte Pfad, die Kratzer von den sich bäumenden Pferden, die sich gegen den Sturz in den Abgrund zu wehren versuchten, ehe sie über den Wegrand hinaus in den Wildbach tief unten stürzten – das alles gab eine deutliche Schilderung des traurigen Unfalls.

Es war eine nasse Jahreszeit gewesen, mit einer Menge Schnee im vorangehenden Winter, die Bäche und Flüsse waren angeschwollen und mit Eisschollen angefüllt. Der Fluss wurde abgesucht, und in einem Wirbel fanden sich der zerschlagene Wagen und die Leiche des einen Pferdes. Später fanden sie auch die Leiche des Kutschers in der Nähe von Täsch, auf einer aufgeschwemmten, sandigen und vom Fluss bespülten Fläche. Aber die Leiche der Dame und diejenige des anderen Pferdes konnten nie gefunden werden – vermutlich waren sie – vielmehr das, was von ihnen dann noch übrig war –

von der reißenden Rhone bis in den Genfersee hinuntergetragen worden.

Wykham Delandre unternahm alle in seiner Macht stehenden Nachforschungen, konnte aber von der vermissten Frau nicht die kleinste Spur finden. In den Gästebüchern der Hotels hingegen fand er überall die Namen ›Mr und Mrs Geoffrey Brent‹. Im Andenken an seine Schwester ließ er in Zermatt einen Gedenkstein errichten und ihren Frauennamen darauf gravieren. Und in der Kirche von Bretten ließ er eine Gedenktafel anschlagen, in der Kirchgemeinde also, zu der sowohl die Brents als auch die Delandres gehörten.

Und dann verging fast ein Jahr, nachdem die Aufregung um den Unglücksfall sich gelegt hatte, und die ganze Nachbarschaft ging wieder ihrer Alltagsbeschäftigung nach. Brent war noch nicht heimgekommen, und Delandre betrank sich immer mehr, wurde noch finsterer, noch rachsüchtiger.

Und dann gab es eine neue Aufregung: Brent's Castle machte sich für eine neue Herrin zurecht. Das wurde von Geoffrey persönlich in einem Brief an den Pfarrer bekanntgegeben: Er hatte sich einige Monate zuvor mit einer italienischen Schönen verheiratet, und nun waren die beiden auf dem Heimweg. Eine kleinere Armee von Handwerkern bemächtigte sich des Schlosses. Es entstand ein Gehämmer und Gehobel, es roch nach Farbe und Leim. Der eine Flügel des Hauses wurde völlig neu gestaltet. Dann verschwanden alle die Handwerker wieder; sie ließen nur das Material zur Renovation der großen Eingangshalle zurück, die erst nach Geoffreys Rückkehr in Angriff genommen werden sollte, denn er wollte persönlich diese Arbeit leiten. Er brachte genaue Pläne des Vaterhauses seiner Braut mit, denn er wollte ihr ein Heim schaffen, das ihr vertraut war. Da ein neuer Verputz angebracht werden sollte, waren Gerüststangen und Bretter herbeigeschafft und an der einen Wand der großen Halle aufgeschichtet worden. Daneben lag ein riesiger Holzzuber, in dem der Kalk gemischt werden sollte. Die Säcke mit dem Kalk wurden dicht daneben aufgeschichtet.

Als die neue Herrin von Brent's Castle einzog, läuteten die Kirchenglocken und es gab ein großes Fest. Sie war ein wunderschönes Weibsbild, und sie verkörperte die Poesie, das Feuer und die Leidenschaft der Südländerin. Die paar Worte Englisch, die sie sich erarbeitet hatte, sprach sie derart hübsch gebrochen aus, dass sie sich im Nu die Herzen der Leute eroberte, teils durch ihre melodiöse Stimme, teils durch den weichen Blick ihrer herrlichen dunklen Augen.

Geoffrey Brent schien glücklicher zu sein als je

zuvor. Doch in seinem Blick war etwas Finsteres, ja Furchtsames, das vorher nicht dort zu sehen gewesen war – so meinten wenigstens die, welche ihn von früher her kannten –, und manchmal fuhr er zusammen, als hätte ihn etwas erschreckt, was nur er zu hören vermochte.

Monate vergingen – und dann verbreitete sich das Gerücht, Brent's Castle werde einen Erben bekommen. Geoffrey behandelte seine Frau unglaublich zart – das neue Band zwischen ihnen schien ihn weichzumachen. Er begann sich mehr um das Wohl seiner Angestellten zu kümmern, um ihre Sorgen und Wünsche, als er das je zuvor getan. Er sowohl wie seine Frau beschäftigten sich mit Wohltätigkeitsarbeiten. Er schien all seine Hoffnung auf den kommenden Erben gesetzt zu haben. Und je weiter er in die Zukunft zu sehen versuchte, desto mehr verschwanden die Schatten der Furcht, die sich auf seinem Gesicht so deutlich gezeigt hatten.

Während dieser ganzen Zeit hegte Wykham Delandre Rachegedanken. Im tiefsten Herzen hatte er seine Rache geplant, und nun wartete er nur noch auf eine Gelegenheit, sie zu kristallisieren und ihr eine ganz bestimmte Form zu geben. Ganz unbestimmt noch konzentrierte sich diese Idee auf Brents neue Frau, denn er wusste, dass er ihn am härtesten treffen konnte, wenn er der weh tat, die

Brent liebte. Nun schien die nahe Zukunft in ihrem Schoße das zu bergen, worauf er gewartet hatte. Eines Abends saß er allein im Wohnzimmer seines Hauses. Dieses Wohnzimmer war früher ein stattlicher Aufenthaltsraum gewesen, doch die Zeit und die Vernachlässigung hatten gute Arbeit geleistet, so dass es nun kaum besser als eine Ruine war, ohne Würde oder Charakter. Seit ein paar Stunden hatte er kräftig getrunken und war nun halb betäubt. Er glaubte ein Geräusch zu hören, das von der Tür her kam, und er hob den Kopf.

Er brüllte ein wildes: »Herein!« Keine Antwort. Er brummte einen Fluch in sich hinein und soff weiter. Und mit der Zeit vergaß er seine Umgebung, versank in einen Dämmerzustand – und schrak zusammen: Vor ihm stand etwas, das einer zerschlagenen, geisterhaften Ausgabe seiner Schwester zu gleichen schien. Einen Augenblick lang packte ihn die Furcht. Das Weib da vor ihm mit den verzerrten Gesichtszügen und den brennenden Augen schien kaum mehr menschlich – das Einzige, das ihm wirklich seiner Schwester anzugehören schien, wie er sie in seiner Erinnerung hatte, war die Flut der goldenen Haare. Jetzt waren sie von grauen Strähnen durchfurcht. Sie besah sich ihren Bruder lange und mit eiskaltem Blick. Und auch er starrte, und als er sich ihrer Gegenwart bewusst wurde, stieg in ihm der Hass gegen sie in alter Stärke wieder auf. Die ganze in ihm aufgespeicherte Wut des verflossenen Jahres schien sich Luft zu machen, als er sie anfuhr:

»Warum bist du hier? Du bist doch tot und begraben.«

»Ich bin hier, Wykham Delandre, bestimmt nicht aus Liebe zu dir, sondern weil ich einen anderen noch mehr hasse als dich!«

Und rasende Wut leuchtete aus ihren Augen.

»Ihn?«, fragte er zischend und so gehässig, dass sogar die Frau vor ihm einen Moment lang erschrak. Dann aber gab sie völlig ruhig zurück:

»Ja, ihn! Täusche dich aber nicht. Die Rache ist mein. Ich brauche dich bloß als mein Werkzeug, sie zu verwirklichen.«

Wykham fragte plötzlich: »Hat er dich geheiratet?«

Die verzerrten Gesichtszüge des Weibes versuchten ein breites Lächeln. Es war ein eher hässliches Grinsen, denn das zerstörte Gesicht und die vernähten Wunden nahmen seltsame Formen an, unterstrichen von hässlichen Farben, und weiße Linien begannen sich durch das Pressen der verschobenen Muskeln dort abzuheben, wo die alten Narben gelegen hatten.

»Das möchtest du wohl gerne wissen, wie? Das

würde deinen Stolz besänftigen zu wissen, dass deine Schwester wirklich verheiratet war! Nun, das sollst du nie erfahren. Das nämlich ist meine Rache an dir, und ich habe nicht die Absicht, auch nur um Haaresbreite etwas daran zu ändern. Ich bin heut Abend nur deswegen hergekommen, um dich wissen zu lassen, dass ich noch lebe. Dann habe ich einen Zeugen, falls mir etwas Gewaltsames zustoßen sollte, dort, wohin ich jetzt gehe.«

»Und wohin gehst du?«

»Das ist meine Sache! Und ich habe durchaus nicht die Absicht, es dich wissen zu lassen.«

Wykham arbeitete sich mühsam hoch, aber er hatte zu viel Alkohol in sich und fiel zu Boden. Von dort aus gab er seine Absicht bekannt, seiner Schwester zu folgen. Und in einem Anfall von launischem Humor fügte er hinzu, er werde ihr durch die Dunkelheit folgen, geleitet von ihrem hellen Haar und ihrer Schönheit. Worauf sie sich zu ihm umwandte und sagte, es würden noch andere ihrem Haar und ihrer Schönheit nachtrauern.

»Wie zum Beispiel er!«, zischte sie. »Das Haar ist noch da, wenn auch die Schönheit zerstört ist. Als er die Radsicherung herauszog und uns in den Abgrund stürzen ließ, dachte er wenig an meine Schönheit. Er sähe wohl auch weniger stattlich aus, wäre er wie ich gegen die Felsen in der Visp geschmettert und dann im Eis des wilden Flusses eingefroren worden. Er soll bloß aufpassen! Seine Zeit ist gekommen!«

Und mit wütender Gebärde riss sie die Tür auf und verschwand in der Nacht.

Etwas später in jener Nacht wurde Mrs Brent, die nicht recht hatte schlafen können, plötzlich hellwach:

»Geoffrey, war das nicht eine Türklinke, die sich irgendwo bewegt hat?«

Doch Geoffrey – obgleich sie sicher war, dass auch er bei dem Geräusch zusammengefahren war – tat, als schliefe er fest. Jedenfalls atmete er tief. Und wieder schlummerte Mrs Brent ein. Doch dann erwachte sie vollends und sah, dass sich ihr Mann anzog. Er war leichenblass, und als nun das Licht der Taschenlampe, das er in der Hand hielt, auf seine Augen fiel, erschrak sie über deren wildes Feuer.

»Was ist denn, Geoffrey? Was tust du da?«

»Pst, Kleines«, gab er mit seltsam heiserer Stimme zur Antwort. »Schlaf du wieder ein. Ich finde keine Ruhe. Ich muss eine Arbeit fertigmachen.«

»Nimm sie hier herauf, Liebling«, sagte sie darauf. »Ich fühle mich verlassen und ängstlich, wenn du nicht da bist.«

Zur Antwort gab er ihr einen beruhigenden Kuss und ging hinaus, wobei er die Tür hinter sich zuzog.

Eine Weile lag sie noch wach, dann forderte die Natur ihr Recht, und sie fiel in Schlaf. Plötzlich aber war sie wieder hellwach. In ihren Ohren echote noch der unterdrückte Schrei, den sie irgendwo in der Nähe vernommen zu haben glaubte. Sie sprang aus dem Bett, rannte zur Tür und horchte. Kein Laut! Nun packte sie die Angst um ihren Mann, und sie schrie auf: »Geoffrey! Geoffrey!«

Nach ein paar Augenblicken ging die Tür zur großen Eingangshalle auf, und Geoffrey zeigte sich. Er war nun ohne Lampe.

»Pst!«, flüsterte er vernehmlich. Seine Stimme war hart und bestimmt, als er weiterfuhr: »Pst! Geh zu Bett! Ich bin an der Arbeit, und du darfst mich nicht stören. So schlaf doch endlich und weck nicht das ganze Haus auf!«

Dieser Ton ihres Mannes war ihr völlig neu – und mit frierendem Herzen kroch sie in ihr Bett zurück. Dort lag sie zitternd und zu furchtsam, als dass sie hätte weinen können. Sie registrierte jeden Laut.

Es folgte eine langanhaltende Stille – und dann vernahm sie ein Geräusch, als schlüge jemand mit einem eisernen Instrument dumpf auf etwas anderes. Dann tönte es wie ein schwerer Stein, der zu Boden fiel – und dann ein unterdrückter Fluch … Es folgte darauf ein schleifendes Geräusch – und mehr Schläge wie von Stein auf Stein. Die ganze Zeit lag die Frau in Todesangst da und hörte ihr Herz rasend schlagen. Sie vernahm ein Kratzen – dann war es völlig still. Gleich darauf ging die Tür auf, und Geoffrey kam herein. Seine Frau tat, als schliefe sie. Doch durch halbgeöffnete Augenlider sah sie, wie er etwas von seinen Händen abwusch, das wie Kalk aussah. Am folgenden Morgen spielte er mit keinem Wort auf die vergangene Nacht an, und sie hatte Angst, eine Frage zu stellen.

Von jener Nacht an schien jedoch auf Geoffrey Brent ein Schatten zu lasten. Er aß nicht mehr wie sonst, schlief nicht mehr so gut wie sonst, und er nahm seine alte Gewohnheit wieder auf, sich plötzlich umzudrehen, als hätte jemand hinter ihm auf ihn eingesprochen. Die alte Eingangshalle schien eine seltsame Anziehungskraft auf ihn auszuüben. Er ging täglich manches Mal hin, wurde aber sehr ungehalten, wenn seine Frau oder sonst jemand ihm dorthin folgte. Als der Vorarbeiter des Bauunternehmers vorsprach, um sich zu erkundigen, wann die Arbeit fortgesetzt werden könne, war Geoffrey gerade ausgefahren. Der Vorarbeiter begab sich inzwischen in die Halle. Und als Geoffrey eintraf, berichtete ihm der Diener von der Ankunft des Handwerkers und wo er sich aufhalte. Mit einem fürchterlichen Fluch stieß Geoffrey den Diener zur Seite und rannte in die alte Vorhalle. Der Vorarbeiter stieß unter der Tür fast mit ihm zusammen. Er entschuldigte sich:

»Sie müssen schon entschuldigen, Herr, aber ich wollte eben hinaus, um ein paar Erkundigungen einzuziehen. Ich hatte befohlen, es seien zwölf Säcke mit Kalk hier abzuladen, doch nun sehe ich, dass es bloß zehn sind.«

»Zum Teufel mit den zehn – und auch mit den zwölf Säcken!«, erhielt er von Geoffrey als unfreundliche und unverständliche Antwort.

Der Handwerker schien überrascht und versuchte, dem Gespräch eine andere Wendung zu geben:

»Ich habe soeben gesehen, dass da irgendetwas passiert sein muss, was unsere Arbeiter verbrochen haben. Aber unser Chef wird bestimmt dafür sorgen, dass das auf seine Kosten wiedergutgemacht wird.«

»Wovon reden Sie eigentlich?«

»Da wäre doch der Stein da vor dem Kamin, Herr. Irgend so 'n Trottel muss da eine Gerüststange draufgestellt haben und hat ihn doch damit glatt entzweigebracht. Dabei war der Stein so dick, dass man meinen könnte, der vertrage sonst was.«

Geoffrey redete wenigstens eine Minute lang kein Wort; dann sagte er mit gepresster Stimme:

»Sagen Sie Ihrer Firma, dass ich für den Augenblick die Arbeit in der großen Halle nicht fortsetzen möchte. Ich will, dass sie für einige Zeit noch so bleibt, wie sie ist.«

»Sehr wohl, Herr. Ich werde ein paar von unsren Leuten herschicken, damit sie diese Gerüststangen und Kalksäcke abholen und hier ein bisschen Ordnung machen.«

»Nein! Nein!«, ließ sich nun Geoffrey vernehmen. »Lassen Sie alles, wo es ist. Ich werde Sie wissen lassen, wann Sie mit der Arbeit weiterfahren können.«

Der Vorarbeiter ging daraufhin nach Hause und berichtete seinem Meister etwa das Folgende:

»Wenn ich Sie wäre, würde ich die Rechnung machen, das heißt für die bereits geleistete Arbeit. Scheint mir, als werde das Geld dort oben etwas knapp.«

Ein- oder zweimal versuchte Delandre wieder, Brent auf der Straße anzuhalten. Als er beim zweiten Mal sah, dass er keinen Erfolg hatte, rief er ihm mit lauter Stimme nach: »Was ist aus meiner Schwester, Ihrer Frau, geworden?« Geoffrey schlug zur Antwort auf die Pferde ein, bis sie in einen rasenden Galopp verfielen. Und der andere konnte erkennen, dass sein Pfeil getroffen hatte, denn er sah deutlich, wie Brent erbleichte und wie dessen Frau einer Ohnmacht nahe war. Worauf er sein Gesicht böse verzog und in ein Hohngelächter ausbrach.

In jener Nacht begab sich Geoffrey in die große Halle und zum offenen Kamin – und fuhr mit einem unterdrückten Schrei zurück. Dann riss er sich zusammen und holte ein Licht. Er beugte sich über die geborstene Fliese vor dem Kamin, um zu sehen, ob nicht vielleicht das trügerische Mondlicht, das durch die Scheiben fiel, ihm einen üblen Streich gespielt habe. Und dann sank er mit einem aus seinem Innersten kommenden Stöhnen auf die Knie.

Dort – es war so! – durch die Spalte in der geborstenen Fliese ragten Büschel goldenen Haares, durchwirkt mit Grau, hervor …

Ein Geräusch an der Tür ließ ihn zusammenfahren: Dort stand seine Frau! In diesem Augenblick der Verzweiflung verfiel er auf den rettenden Gedanken, der ihn vor einer Entdeckung bewahren würde: Er entzündete an der Lampe ein Streichholz, beugte sich hinunter und verbrannte die aus der Spalte der geborstenen Fliese hervorquellenden Haare. Dann richtete er sich auf, als wäre nichts geschehen, und tat recht verwundert, dass seine Frau neben ihm stand.

Die ganze folgende Woche lebte er in Todesangst. Es war wie verhext, er brachte es nicht fertig, längere Zeit in der Halle allein zu sein. Bei jedem neuen Besuch vor dem Kamin fand er, dass wieder frische Haare hervorgewachsen waren. Er musste ständig auf der Hut sein, dass sein grässliches Geheimnis nicht entdeckt würde. Er versuchte, ein neues Versteck für die ermordete Frau außerhalb des Hauses zu finden; aber irgendwie wurde er stets in seiner Suche gestört. Und einmal traf er auf seine Frau, gerade als er aus seinem Privateingang hervortrat. Sie war sehr verwundert und fragte ihn, warum er ihr nie vorher etwas von diesem Eingang gesagt hatte, und sie wollte sehen, was für einen Schlüssel er dazu benutze. Er holte ihn widerwillig hervor und zeigte ihn her. Geoffrey liebte seine Frau innig und leidenschaftlich. Darum erfüllte ihn der Gedanke, sie könnte hinter seine furchtbaren Geheimnisse kommen, mit Schrecken. Er zitterte schon bei dem Gedanken, sie könnte anfangen, ihm zu misstrauen. Nach weiteren Tagen jedoch musste er sich eingestehen, dass seine Frau zumindest etwas ahnte.

Noch am selben Abend kam sie nach ihrer Ausfahrt in die Halle und fand ihn dort finster brütend vor dem Kamin. Sie kam direkt auf das Thema zu sprechen:

»Geoffrey, ich habe soeben mit diesem Delandre-Kerl gesprochen. Er sagt schauderhafte Sachen. Er sagt zu mir, vor einer Woche ist sein Schwester gekommen nach Haus, eine Ruine und schrecklicher aussehend als früher. Nur ihre goldene Haar wie früher und hat böse Absicht gesagt. Er fragte mich, wo sie ist – und ach, Geoffrey! Sie ist tot, ist tot! So, wie kann sie zurückkommen? Oh, ich bin in Angst, und ich weiß nicht, wohin mich wenden!«

Als Antwort brach Geoffrey in einen Strom von Verwünschungen aus, denen seine Frau schaudernd zuhörte. Er verfluchte Delandre und dessen Schwester und ihre ganze Sippschaft, und ganz besonders verwünschte er mit groben Flüchen ihr Goldhaar.

»Oh, so sei doch still!«, rief sie dazwischen, schwieg aber sogleich wieder, denn sie fürchtete sich vor ihrem Mann und den Folgen seiner schlechten Laune. Geoffrey war so außer sich vor Wut, dass er von seinem Platz aufstand und sich ein paar Schritte vom Kamin entfernte. Er blieb aber augenblicklich stehen, als er das Entsetzen in den Augen seiner Frau gewahrte.

Er folgte ihrem Blick – und dann erschauerte auch er: Dort, auf der geborstenen Steinfliese lag ein goldener Schein. Blonde Haarspitzen lugten aus der Spalte hervor …

»Sieh doch, sieh!«, schrie sie gellend. »Ein Geist der Toten ist es! Weg von hier – komm weg von hier!« Und sie packte ihren Mann mit der Hast einer Irren am Handgelenk und riss ihn mit sich aus dem Zimmer.

In jener Nacht bekam sie hohes Fieber. Der Arzt

des Bezirks kümmerte sich sofort um sie und forderte aus London einen Spezialisten an. Geoffrey war völlig verzweifelt, und in seiner Angst um die junge Frau vergaß er beinahe sein Verbrechen und dessen Folgen. Am Abend musste der Arzt weg, um sich um seine anderen Patienten zu kümmern. Doch er gab Geoffrey den Auftrag, die Kranke zu betreuen. Seine letzten Worte waren:

»Vergessen Sie nicht: Sie müssen Ihre Frau aufzuheitern versuchen. Sorgen Sie gut für sie, bis ich morgen früh wiederkomme oder bis einer der anderen Ärzte den Fall übernommen hat. Gefährlich wäre vor allem ein weiterer Gemütsanfall. Sehen Sie darauf, dass sie stets warm gehalten ist. Mehr können wir im Augenblick nicht für sie tun.«

Es war schon spätabends, als Geoffreys Frau von ihrem Bett aufstand und nach ihrem Mann rief. Die Dienerschaft war bereits zu Bett gegangen.

»Komm!«, rief sie, »komm in die alte Halle! Ich weiß, wo das Gold herkommt! Ich will zusehen, wie es wächst!«

Geoffrey hätte alles gegeben, wenn er sie von ihrem Vorhaben hätte abhalten können; doch er fürchtete einerseits für ihr Leben oder für ihren Verstand und dass sie einen hysterischen Anfall bekommen und dabei ihren furchtbaren Verdacht in alle Welt schreien könnte. Er sah, dass es zwecklos war, sie von ihrem Plan abzuhalten, und hüllte sie daher in eine warme Decke. Zusammen begaben sie sich in die alte Halle. Kaum waren sie dort, schloss und verriegelte sie die Tür.

»Wir wollen keine Fremden unter uns drei, heute Nacht!«, flüsterte sie mit einem dünnen Lächeln.

»Drei! Wir sind doch nur zu zweit!«, gab Geoffrey mit einem Schauder zurück. Er hütete sich, noch mehr zu sagen.

»Setz dich hierher!«, befahl seine Frau und drehte das Licht aus. »Setz dich hier an den Kamin und schau zu, wie das Gold wächst. Das silberne Mondlicht ist eifersüchtig! Sieh nur: Es stiehlt sich dem Boden entlang auf das Gold zu – unser Gold!«

Geoffrey sah mit wachsendem Entsetzen, dass in der Zwischenzeit das goldene Haar weiter gewachsen war und sich durch die Spalte in der Fliese drängte. Er versuchte, die Haare dadurch zu verstecken, dass er seine Füße daraufstellte. Und seine Frau zog ihren Stuhl nahe an den seinen heran und legte ihm den Kopf auf die Schulter.

»So! Und jetzt bewege dich nicht, Liebster«, sagte sie. »Wir wollen ganz still dasitzen und zusehen. Wir finden das Geheimnis des wachsenden Goldes!«

Er legte seinen Arm um sie und saß lautlos da. Und während das Mondlicht sich über den Fußboden ergoss, schlief sie ein. Er fürchtete sich davor, sie zu wecken. So saß er denn stundenlang da, still und elend. Vor seinen entsetzten Augen wuchs das goldene Haar immer weiter aus der Spalte der zerbrochenen Steinfliese heraus. Und während es wuchs, fühlte er sein Herz kälter und kälter werden, bis er sich schließlich außerstande fühlte, sich zu bewegen. Mit schreckerfüllten Augen schaute er seinem eigenen Sterben zu.

Als am nächsten Morgen der Arzt eintraf, waren weder Geoffrey noch seine Frau zu finden. Alle Zimmer wurden durchsucht – umsonst. Schließlich blieb nichts anderes mehr übrig, als die mächtige, verriegelte Tür zur alten Halle aufzubrechen. Den Beschauern bot sich ein schauriges und mitleiderregendes Bild zugleich.

Dort am Kamin saßen Geoffrey und seine junge Frau – kalt und weiß und tot. Das Gesicht der Frau zeigte einen friedlichen Ausdruck. Ihre Augen waren geschlossen. Doch Geoffreys Gesicht sah so schrecklich aus, dass alle schaudernd zurückfuhren. In seinen weit offenen Augen stand noch immer das unaussprechliche Entsetzen. Glasig starrten diese Augen auf seine Füße, um die sich dichte goldene Haare, mit grauen Strähnen dazwischen, gewunden hatten, und sie wuchsen noch immer aus der geborstenen Steinfliese weiter.

Crooken Sands

Arthur Fernlee Markam, der das sogenannte Rote Haus oberhalb von Mains of Crooken erworben hatte, war ein Londoner Kaufmann. Und da er vor allem auch ein Cockney war, hielt er es für unerlässlich, sich für seine Sommerferien in Schottland eine vollständige Ausrüstung eines Hochländer Häuptlings zu besorgen, so wie sie auf Lithographien und auf der Operettenbühne etwa zu sehen ist. Er hatte einmal im Empire-Theater den Großen Prinzen – den ›Bounder King‹, wie er im Stück hieß – gesehen, wie jener als ›The MacSlogan of that Ilk‹ mit dem berühmten schottischen Lied *There's naething like haggis to mak a mon dry* einen Bombenerfolg erzielte; und seither bewahrte er in seinem Herzen treu das malerische und kriegerische Bild des Hochländers. Ja, hätte man in Mr Markams hintersten Winkel seines Herzens blicken können, dann wäre einem auch klargeworden, warum er ausgerechnet Aberdeenshire als Sommeraufenthalt ausgelesen hatte, denn vor seinem geistigen

Auge schwebte ein Ferienort, vor dem steifbeinig die schillernde Figur des MacSlogan of that Ilk auf und ab stolzierte. Doch wie dem auch sei, jedenfalls ließ ihn ein freundliches Geschick Crooken Bay auswählen – denn die Schönheit der dortigen Gegend ist unbestritten. Sie liegt zwischen Aberdeen und Peterhead, direkt am Fuße des felsigen Vorgebirges, von dem aus die langen, gefährlichen Riffe – sie sind unter dem Namen ›die Sporen‹ bekannt – weit in die Nordsee hinausragen. Zwischen den Riffen und Mains of Crooken – ein Dorf, das im Schutze der Klippen im Norden liegt – erstreckt sich die tiefe Bucht und dahinter eine ganze Reihe von grasbewachsenen Dünen, in denen die Kaninchen zu Tausenden anzutreffen sind. Zu beiden Seiten der Bucht liegt also ein Felsvorsprung, und wenn die auf- oder untergehende Sonne darauf scheint, ergibt das ein wirklich wunderschönes Bild. Die Bucht selber besitzt einen sandigen Boden, so dass bei Ebbe das Meer weit hinausläuft und eine glatte, feste Fläche Sandes bloßgelegt wird. Darauf verstreut erkennt man dann hier und dort Stangen- und Beutelnetze der Salmfischer. Am einen Ende der Bucht erhebt sich eine kleine Felsgruppe, deren Kopf bei Flut gerade noch über dem Wasser zu erkennen ist, außer bei hohem Seegang, wenn die grünen Wellen darüber zusammenschlagen. Bei Ebbe jedoch werden sie bis zum sandigen Boden hinunter bloßgelegt. Genau an jener Stelle befindet sich vielleicht die einzige gefährliche Quicksandstelle in diesem Teil der Ostküste. Zwischen den Felsen, die etwa fünfzehn Meter voneinander entfernt sind, liegt eine kleine Quicksandstelle, die – wie die Goodwins – nur bei beginnender Flut gefährlich wird. Nach außen hin verliert sie sich im Meer, nach innen geht sie allmählich in den harten Sand des oberen Strandes über. Am Abhang des Hügels, der sich hinter den Dünen erhebt, halbwegs zwischen den ›Sporen‹ und dem Hafen von Crooken, liegt das Rote Haus. Es ragt mitten aus einer Gruppe von Föhren auf, die es auf drei Seiten beschützen, aber den Blick aufs Meer freigeben. Ein gepflegter, altmodischer Garten erstreckt sich bis zur Landstraße hinunter. Wenn wir über die Straße gehen, betreten wir einen grasbewachsenen Pfad, der von leichten Fahrzeugen benutzt werden kann und der sich durch die Dünen hindurch bis zum Strand hinunterwindet.

Als Familie Markam im Roten Haus ankam, sagten alle sogleich, sie hätten noch nie etwas Herrlicheres gesehen. Die Reise hatte sechsunddreißig Stunden gedauert. Erst waren sie auf dem Dampfer *Ban Righ* tüchtig durcheinandergeschüttelt worden, anschließend mit dem Zug nach Yellon gefahren, und schließlich hatten sie noch ein Dutzend Meilen über Land fahren müssen. Die allgemeine Zufriedenheit war umso ausgeprägter, als gerade zu jener Zeit kein Mitglied der Familie – aus verschiedenen Gründen – geneigt war, irgendetwas oder irgendeinen Punkt jenseits der schottischen Grenze hübsch zu finden. Obschon die Familie zahlreich war, gestattete ihnen das blühende Geschäft allen möglichen persönlichen Luxus, darunter vor allem eine Unmenge von Kleidern. Die vielen neuen Roben der Markam-Töchter waren eine ständige Quelle des Neids für deren Freundinnen und ein Born der Freude für sie selbst.

Arthur Fernlee Markam hatte seine Familie hinsichtlich seines neuen Kostüms nicht ins Vertrauen gezogen. Er war nämlich nicht so ganz sicher, dass er deswegen nicht ausgelacht oder zumindest ein bisschen verspottet würde, und da er in dieser Beziehung eher empfindlich war, glaubte er, es sei besser, wenn sie erst alle in der entsprechenden Umgebung wären, ehe er den ganzen Glanz des Prachtstücks vor ihnen entfaltete. Er hatte sich sehr angestrengt, damit das Hochländerkostüm auch wirklich vollständig sei. Zu diesem Zweck hatte er dem ›Scotch-All-Wool-Tartan-Kleidermarkt‹ zahlreiche Besuche abgestattet. Dieses Unternehmen war erst vor kurzem von den Herren MacCallum More und Roderick MacDhu gegründet worden. Er hatte eifrige Verhandlungen mit dem Chef der Firma – *der* MacCallum wollte dieser genannt werden, und er verpönte jeden Titel wie ›Mr‹ oder ›Esquire‹ – geführt. Ihr ganzes Lager an Schnallen, Knöpfen, Gürteln, Broschen und Ornamenten aller Art wurde kritisch durchgesehen, und schließlich entdeckten sie gemeinsam eine Adlerfeder, die in ihren respektablen Proportionen dem Käufer Genüge leistete, so dass nun die Ausrüstung endlich vollständig war. Erst als Markam das fertige Kostüm mit dem sehr lebhaften Tartan – dem Schottenmuster – sah, das durch die große Menge silberner Verzierungen, Cairngorm-Broschen, durch einen Philibeg, durch Dirk und Sporran scheinbar etwas abgeschwächt wurde, war er restlos zufrieden, mit sich und mit allem, was er ausgewählt hatte. Zuerst hatte er daran gedacht, den Tartan der Königlichen Stuarts zu wählen, kam aber davon ab, als der MacCallum ihn darauf aufmerksam machte, er könnte in Schwierigkeiten kommen, falls er zufällig einmal in die Nähe von Schloss Balmoral kommen sollte. Der MacCallum, der übrigens mit einem auffallenden Cockney-Akzent sprach, schlug nun seinerseits verschiedene Schottenmuster vor. Doch da nun jene andere Frage der Genauigkeit aufgeworfen war, sah Mr Markam bereits Schwierigkeiten voraus, sollte er sich nämlich zufälligerweise in der Nähe jenes Clans aufhalten, dessen Tartan er trug, dessen Muster er sich angemaßt hatte. Der MacCallum unternahm es schließlich, auf Kosten Markams ein ganz besonderes Muster weben zu lassen, das bis dato noch nicht existierte, obgleich es sich an ein paar bestehende anlehnte. Das neue Muster beruhte auf dem Royal-Stuart-Tartan, enthielt aber Andeutungen des MacAlister und Ogilvie Clan – was die Einfachheit des Musters betraf –, borgte auch ein bisschen von den Clans der Buchanan, Macbeth, Chief of MacIntosh und MacLeod in Bezug auf die allgemeine Neutralität der Farbenzusammenstellung. Als Markam die Vorlage zu Gesicht bekam, hatte er zuerst leise Befürchtungen, der neue Tartan könnte die Augen der Familie als etwas sehr auffallend blenden; doch da Roderick MacDhu regelrecht in Ekstase über die Schönheit des Musters verfiel, wagte er nicht mehr, gegen die Fertigstellung des Stoffes etwas einzuwenden. Er dachte sich, dass es doch in Ordnung sein müsse, wenn ein waschechter Schotte wie MacDhu sich dafür begeisterte – und er war in diesem Punkte recht weise –, besonders weil dieser MacDhu ihm in Statur und Aussehen sehr ähnlich sah. Als der MacCallum sein Honorar entgegennahm – es war ein sehr hohes Honorar –, bemerkte er:

»Ich habe mir erlaubt, noch etwas mehr von dem Stoff weben zu lassen, im Falle Sie oder einer Ihrer Freunde sich für eine weitere Lieferung interessieren.«

Markam war sehr dankbar und antwortete, er werde sich wirklich sehr freuen, wenn das Muster, das sie miteinander entworfen hatten, bei andern beliebt würde, und er habe keinen Zweifel, dass dem mit der Zeit so sein würde. Sie sollten also ruhig so viel herstellen und verkaufen, wie es ihnen passe.

Markam probierte das Kostüm eines Abends, als alle andern weggegangen waren, in seinem Büro an. Er war vom Resultat angenehm berührt – aber ein bisschen erschrak er auch. Der MacCallum hatte seine Arbeit gut gemacht, nichts war ausgelassen worden, was die kriegerische Würde des Trägers unterstreichen konnte.

›Natürlich werde ich das Claymore-Schwert und die Pistolen für gewöhnliche Anlässe zu Hause lassen‹, sagte sich Markam, während er sich wieder auszog. Er beschloss, das Prachtstück erstmals bei der Landung in Schottland zu tragen. Und tatsächlich: An jenem Morgen, als die *Ban Righ* vor dem Leuchtturm von Girdle Ness lag und auf die Flut wartete, um dann in den Hafen von Aberdeen einzulaufen, tauchte Markam aus einer Kabine auf – angetan in die ganze grelle Herrlichkeit seines neuen Kostüms. Den ersten Kommentar vernahm er von einem seiner eigenen Söhne, der ihn anfänglich gar nicht erkannte:

»Ist das ein Kerl! Großer Schott! Es ist der alte Herr!« Und mit diesen Worten ergriff der Junge die Flucht und versuchte vergeblich, sein unbändiges Gelächter in einem Kissen zu ersticken, das er im Salon fand. Markam hatte tüchtige Seebeine und unter dem Schlingern des Schiffes kein bisschen gelitten, so dass sein sonst schon rötliches Gesicht noch röter war, weil es sich mit der Farbe der Verlegenheit übergoss, als der Mann sich plötzlich ins Zentrum aller Blicke versetzt sah. Er wünschte nun fast, er wäre nicht so kühn vorgegangen, denn er fühlte deutlich die Kälte an jenem Punkte seines Kopfes, wo die flott aufgesetzte Glengarry-Mütze seine Glatze nicht mehr zu bedecken vermochte. Immerhin trat er der Gruppe von Fremdlingen auf dem Deck mutig gegenüber. Nach außen vermochte ihm keiner anzusehen, dass er sich aufregte, nicht einmal dann, als einige ihrer Bemerkungen an sein Ohr drangen.

»Bei dem piept's ja!«, meinte ein Cockney in einem grellen großkarierten Anzug.

»Hinter dem sind die Fliegen her«, sagte ein langer, dünner Yankee, dessen Gesicht vor Seekrankheit erbsengrün war und der für einige Zeit nahe Balmoral zu wohnen gedachte.

»Gut gesagt! Füllen wir unsere Humpen nach; jetzt ist eine gute Gelegenheit dazu!«, ergänzte ein junger Oxfordstudent, der heim nach Inverness wollte. Und dann vernahm Mr Markam die Stimme seiner ältesten Tochter:

»Wo ist er? Wo ist er denn?« Und sie kam das Deck entlanggerannt, während ihr Hut an einem Band hinter ihr herflog. Sie sah recht besorgt aus, denn ihre Mutter hatte ihr eben vom Zustand des Vaters berichtet. Wie sie nun seiner ansichtig wurde, brach sie in ein derart heftiges Gelächter aus, dass sie schließlich einen hysterischen Anfall bekam. Etwas Ähnliches passierte der Reihe nach mit allen seinen Kindern. Als sie alle dran gewesen waren, begab sich Mr Markam in seine Kabine und schickte dann die Kammerfrau seiner Gattin auf Deck, wo sie jedem Familienmitglied auszurichten hatte, der Vater wünsche sie sofort in seiner Kabine zu sprechen. Sie folgten alle dem Befehl, wobei sie sich große Mühe gaben, ihren Gefühlen nicht allzu sehr freien Lauf zu lassen. Er redete sie völlig ruhig an:

»Meine Lieben, versorge ich euch alle nicht mit reichlich Taschengeld?«

»Doch, Vater!«, gaben sie alle ernst zur Antwort. »Kein Vater könnte freigebiger sein!«

»Lasse ich euch nicht die Kleider tragen, die euch gefallen?«

»Ja, Vater!« Das klang schon ein bisschen kleinlaut.

»Dann, meine Lieben, habt ihr doch sicherlich auch das Gefühl, es wäre netter und freundlicher, wenn ihr nicht versuchtet, mir das Leben ungemütlich zu machen, auch dann nicht, wenn ich ein Kleid trage, das in euren Augen lächerlich sein mag, obgleich es das Übliche ist in dem Lande, in dem ihr jetzt dann eure Ferien zu verbringen gedenkt?«

Es antwortete niemand, es sei denn, die hängenden Köpfe der Kinder konnten als Antwort gelten. Er war ein guter Vater, und sie alle wussten das. Er war denn auch zufrieden mit sich und fuhr fort:

»So, und jetzt geht schön und vergnügt euch wieder! Wir wollen kein weiteres Wort darüber verschwenden.«

Dann begab er sich wieder an Deck und ließ tapfer die Kanonade von faulen Witzen über sich ergehen, die die Umstehenden auf ihn abfeuerten, obschon sie sich außer Hörweite begeben hatten.

Das Erstaunen und die Belustigung über seine Aufmachung auf der *Ban Righ* waren noch gar nichts gewesen im Vergleich zu dem Empfang, der ihn in Aberdeen erwartete. Die Jungen und die Nichtstuer und die Frauen mit ihren Säuglingen, die am Pier standen, schlossen sich der Markam-Gruppe in Massen an, als sich diese zum Bahnhof begab. Sogar die Dienstmänner mit ihren altmodischen Halstüchern und ihren neumodischen Stoßkarren, die den Reisenden schon am Laufsteg erwarten, schlossen sich mit neugieriger Freude an. Glücklicherweise war der Zug nach Peterhead bereit zur Abfahrt, so dass das Martyrium nicht unnötig in die Länge gezogen wurde. Im Eisenbahnabteil war das prachtvolle Hochländerkostüm dann nicht mehr zu sehen, und da auf dem Bahnsteig in Yellon nur wenige Menschen standen, ging dort alles gut. Als jedoch der Wagen sich Mains of Crooken näherte und die Fischerleute an den Haustüren standen, um zu sehen, wer da vorbeifahre, da war die Aufregung bald grenzenlos. Die Kinder winkten alle spontan mit ihren Mützen und rannten schreiend hinter dem Wagen her. Die Männer ließen ihre Netze im Stich, ließen den Köder Köder sein und liefen herbei. Die Weiber drückten ihre Säuglinge fest an sich und liefen hinterher. Obendrein waren die Pferde müde von der langen Reise nach Yellon und zurück, der Heimweg war steil – also blieb mehr als genug Zeit, dass die Menge sich um den Wagen zu scharen und sogar vorauszueilen vermochte.

Mrs Markam und die älteren Töchter hätten sich gerne aufgelehnt oder sonst etwas unternommen, um ihrer Ungehaltenheit über die Verhöhnung, die sich nur zu deutlich auf allen Gesichtern zeigte, etwas Luft zu machen. Doch auf dem Gesicht des Pseudo-Hochländers lag ein Ausdruck fester Entschlossenheit, was sie etwas einschüchterte, und darum verhielten sie sich still. Vielleicht waren es die Adlerfeder – obgleich sie auf einer Glatze steckte –, die Cairngorm-Brosche – auch wenn sie auf dieser fetten Schulter prangte – und das Claymore-Schwert, Dirk und Pistolen – auch wenn sie den Gürtel um einen Schmerbauch zierten und aus dem Kniestrumpf einer sehr dicken Wade ragten –, vielleicht also erreichten all diese Dinge ihren Zweck bereits ein wenig, da sie als Symbole kriegerisch und furchteinflößend zu wirken hatten!

Als die Gesellschaft am Tore des Roten Hauses anlangte, erwartete sie eine Menge von Crooken-Einwohnern, ohne Hut und in respektvoller Stille. Der Rest der Bevölkerung schnaufte soeben mühsam den Hügel herauf.

Die Stille wurde auf einmal von einem einzigen Satz unterbrochen, den ein Mann mit tiefer Stimme ausrief: »Mensch, der hat bloß noch den Dudelsack vergessen!«

Die Dienerschaft war einige Tage vorher eingetroffen, und alles war vorbereitet. In der einem guten Mahl nach einer beschwerlichen Reise folgenden behaglichen Wärme waren bald alle Unannehmlichkeiten der Reise und auch der Ärger über die Aufnahme des abstoßenden Kostüms vergessen.

An jenem Nachmittag spazierte Markam, immer noch angetan in sein Kriegsgewand mit allem Drum und Dran, durch das Dorf. Er spazierte allein, denn unverständlicherweise hatten sowohl seine Frau als auch die beiden Töchter fürchterliche Kopfschmerzen und sich, wie ihm ausgerichtet wurde, hingelegt, um sich von den Strapazen der Reise zu erholen. Sein ältester Sohn, der doch sonst immer behauptete, ein junger Mann zu sein, war allein losgezogen, um die Umgebung des Hauses etwas kennenzulernen, und einer der Jungen war nirgends aufzufinden. Der andere Jüngling war – als man ihm ausrichtete, sein Vater verlange nach ihm und möchte mit ihm einen Spaziergang machen – eigenartigerweise in einen Zuber voll Wasser gefallen, so dass man ihn erst abtrocknen und neu einkleiden musste. Da aber seine übrigen Kleider noch nicht ausgepackt waren, war das auch wieder nicht zu machen ohne eine unerfreuliche Verspätung …

Mr Markam war mit seinem Spaziergang nicht eben zufrieden. Keiner seiner Nachbarn ließ sich herbei. Nicht dass etwa zu wenig Menschen vorhanden waren, o nein, denn jedes Haus und jede Kate wimmelte von Leuten. Aber sie standen entweder in ihren Haustüren, sobald er vorbei war, oder sie befanden sich auf der Straße weit vor ihm. Wenn er an einem Hause vorbeikam, konnte er wohl Haarschöpfe und das Weiße von Augen entdecken. Sie standen alle hinter den Fenstern oder spähten hinter den Türen hervor. Die einzige Unterhaltung, die ihm glückte, war eine unangenehme: Er traf auf einen sonderbaren alten Mann, der kaum je den Mund aufmachte, außer etwa in der Kirchgemeinde, wenn er das Amen mitsprach. Seine einzige Beschäftigung bestand darin, von morgens acht bis mittags um ein Uhr beim Postbüro zu sitzen und auf die Post zu warten, die er dann in einem Postsack in das benachbarte Schloss eines Barons zu tragen hatte. Den Rest des Tages verbrachte er auf einem Sessel am zugigen Hafen, dort, wo die Abfälle der Fische, der Rest des Köders und aller Kehricht hingeworfen wurden. Dort trafen sich auch die Enten zum Festschmaus.

Als dieser Saft Tammie den Ankömmling erblickte, hob er den Kopf, rieb seine Augen, die sonst auf das Nichts seinem Sitz gegenüber gerichtet waren, als ob er von einem Sonnenstrahl geblendet würde, und schirmte sie denn darum auch mit der einen Hand ab. Dann fuhr er in die Höhe und hob anklagend seine Hand, während er ausrief:

»›Eitelkeit der Eitelkeiten!‹, sagte der Prediger. ›Alles ist Eitelkeit.‹ Mann, lass dich zur Zeit warnen! ›Sehet die Lilien auf dem Felde, sie säen nicht, sie ernten nicht, doch Salomo in all seiner Pracht war nicht angetan wie eine von ihnen.‹ Mann! Mann! Deine Eitelkeit ist wie der Quicksand, der alles verschluckt, was ihm in die Nähe kommt. Hüte dich vor Eitelkeit! Hüte dich vor dem Quicksand, der nach dir greift und der dich verschlingen wird! Erkenne dich! Lerne deine eigene Eitelkeit kennen! Tritt dir selbst von Angesicht zu Angesicht entgegen, und dann, in diesem Augenblick, wirst du die tödliche Macht deiner Eitelkeit erkennen. Vernimm es, erkenne es und tu Buße, ehe der Quicksand dich verschlingt!«

Und ohne ein weiteres Wort ging er zu seinem Schemel zurück und setzte sich hin, unbeweglich und ausdruckslos wie vorher.

Markam fühlte sich durch diese Tirade nun doch ein bisschen beunruhigt. Wäre sie nicht von einem offensichtlichen Irren gehalten worden, hätte Markam sie für die exzentrische Demonstration von schottischem Humor oder von Unverschämtheit gehalten. Der tiefe Ernst der Botschaft – denn es konnte nichts anderes sein – machte jedoch eine solche Auslegung unmöglich. Er war aber nicht gewillt, der Verhöhnungen wegen klein beizugeben, und obschon er noch nicht einen einzigen Kilt gesehen, seit er in Schottland war, beharrte er auf seinem

Entschluss, sein Hochländerkostüm zu tragen. Als er zu Hause ankam – er war kaum eine halbe Stunde weg gewesen –, stellte er fest, dass jedes Familienmitglied zu einem Spaziergang ausgegangen war – trotz der Kopfschmerzen. Er benutzte die Gelegenheit, die ihm dadurch geboten wurde, schloss sich in seinem Zimmer ein, zog das Kostüm aus, schlüpfte in einen Flanellanzug, zündete sich eine Zigarre an und hielt ein Nickerchen. Der Lärm, den die heimkehrende Familie verursachte, weckte ihn wieder auf. Rasch zog er sein Kostüm wieder an und erschien gleich darauf im Wohnzimmer zum Tee.

An jenem Nachmittag ging er nicht mehr aus; doch nach dem Abendessen kleidete er sich wieder um – er hatte selbstverständlich zum Abendessen einen dunklen Anzug getragen –, und in seinem Prachtgewande machte er allein einen Abendspaziergang am Meeresstrand. Er war inzwischen zur Überzeugung gekommen, dass er sich nach und nach an sein Hochländerkostüm gewöhnen werde, ehe er es zu seiner ständigen Kleidung machen wollte. Am Himmel stand der Mond, und so fand er leicht den Pfad, der durch die Dünen führte. Bald stand er am Strand. Es war Ebbe und der Strand fest wie Stein. Also wanderte er nach Süden bis fast zum Ende der Bucht. Dort zogen ihn zwei vereinzelt stehende Felsen an, die etwas außerhalb der Dünen standen. Er ging darauf zu. Als er den näher stehenden erreicht hatte, kletterte er hinauf und saß nun dort, etwa sechs Meter über der sandigen Ebene, und genoss so recht die schöne, friedliche Aussicht. Eben stand der Mond über dem Vorgebirge von Pennyfold, und sein Licht reichte gerade bis zum höchsten Punkt des am weitesten vorgelagerten Sporns, etwa einen Kilometer von ihm entfernt. Die übrigen Felsen lagen in dunklem Schatten. Wie nun der Mond über das Vorgebirge aufstieg, wurden die Felsen der Riffe und auch der Strand immer heller vom Mondlicht bestrahlt.

Eine ganze Weile saß Mr Markam da und sah dem Aufgehen des Mondes zu, bewunderte die immer größer werdende beschienene Fläche und drehte dann sein Gesicht nach Osten, stützte das Kinn in die Hand und starrte aufs Meer hinaus. Er badete förmlich im Frieden und in der Schönheit und Freiheit der sich ihm bietenden Gegend. Das Brausen von London – die Dunkelheit, der Existenzkampf und die Erschöpfung, die das Londoner Leben bot, all das schien von ihm abgefallen zu sein, und jetzt lebte er endlich ein freieres, ein höheres Leben. Er schaute auf das schimmernde Wasser, das sich über den Sand zu stehlen begann und unmerklich näher kam – die Flutzeit setzte ein. Gleich darauf vernahm er weit am Strande drüben einen Ruf.

›Die Fischer rufen einander zu‹, sagte er sich und sah sich um. Und da erschrak er furchtbar: Obgleich gerade in dem Augenblick eine Wolke über den Mond zog, sah er dennoch im Halbdunkel seine eigene Gestalt. Einen Moment lang vermochte er dort drüben, auf dem anderen Felsen, den kahlen Hinterkopf, die Glengarry-Mütze und die gewaltige Adlerfeder zu erkennen.

Er taumelte rückwärts, sein Fuß glitt aus, und er begann gegen den Sand zwischen den beiden Felsen abzurutschen. Er hatte keine Angst vor dem Fall, denn der Sand befand sich ja bloß ein paar Meter unter ihm, und er beschäftigte sich im Geiste ganz und gar nur mit seinem Doppelgänger oder Spiegelbild, das schon verschwunden war. Er dachte, es gehe am besten, wenn er den Sand jetzt durch einen Sprung erreiche. All das hatte bloß eine Sekunde gedauert, doch das Gehirn arbeitet unheimlich schnell. Noch während er sich für den Sprung rüstete, sah er, wie der Sand unter ihm, der soeben wie eine Marmorplatte ausgesehen hatte, zitterte und bebte. Plötzliche Angst packte ihn. Seine Knie gaben nach, und anstatt zu springen, rutschte er elendiglich den Fels hinab und zerkratzte sich dabei die Beine. Seine Füße berührten den Sand – glitten durch ihn hindurch wie durch Wasser –, und bevor er merkte, dass er im Quicksand stak, war er bis zu den Knien eingesunken. Wild krallte er sich am Felsen fest, um nicht noch weiter abzusinken, und glücklicherweise befand sich dort ein kleiner Vorsprung oder eine Kante, an der er sich festhalten konnte. Verzweifelt klammerten seine Finger sich daran fest. Er versuchte zu schreien, aber der Atem fehlte ihm dazu – endlich kam ein Ton aus ihm heraus. Noch einmal schrie er laut, und es schien, als gebe ihm die eigene Stimme neuen Mut, denn er konnte sich doch länger am Felsen festhalten, als er anfänglich für möglich gehalten hatte. In blinder Verzweiflung hielt er sich fest, und gerade, als er fühlte, wie seine Kraft nachließ, hörte er zu seiner unsäglichen Freude eine rauhe Stimme direkt über sich:

»Gott sei gedankt, ich bin noch nicht zu spät!«

Und ein Fischer mit hüfthohen Stiefeln kam rasch den Fels herabgeklettert. Im Nu erkannte er die tödliche Gefahr für den andern, und mit aufmunterndem »Halt dich fest, Mann! Ich komme!« kletterte er weiter herunter bis zu einem Punkt, wo er festen Fuß fassen konnte. Mit der einen starken Hand hielt er sich am Fels über sich fest, beugte sich weit herunter, packte Markams Handgelenk und rief ihm zu: »Halt dich an mir fest, Mann! Halt dich mit beiden Händen an mir!«

Dann brauchte er seine gewaltige Kraft für ein

stetiges, energisches Ziehen und zog wirklich den andern aus dem hungrigen Quicksand und stellte ihn auf den festen Fels. Kaum ließ er ihm Zeit, Atem zu schöpfen; er zog und stieß ihn den Fels hinauf, ohne ihn eine Sekunde ganz loszulassen, und dann über den Fels und auf den festen Sand dahinter – setzte ihn, der immer noch bebte vor der Größe der Gefahr, der er entronnen war, hoch über dem Strand hin und begann zu reden:

»Mann! Das war aber höchste Zeit! Wenn ich Euch verrückten Kerl nicht ausgelacht hätte und dann sogleich nachgerannt wäre, dann wäret Ihr jetzt bis in die Eingeweide der Erde hinabgesunken! Wully Beagrie dachte, Ihr wäret ein Gespenst, und Tom MacPhail schwor, Ihr seiet bloß so eine Art böser Gnom. Nein, sagte ich dazu, dort drüben hockt bloß der verrückte Engländer – der Spinner, der aus dem Wachsfigurenkabinett entsprungen ist. Ich dachte, weil Ihr fremd und dumm seid – wenn nicht gar ein ausgewachsener Narr –, wisset Ihr vielleicht nicht, was Quicksand heißt! Ich rief laut, um Euch zu warnen, und dann rannte ich los, um Euch herauszuziehen, falls das nötig wäre. Aber Gott sei gedankt, ob Ihr nun ein Narr oder ein Halbnarr vor lauter Eitelkeit sein möget, ich kam nicht zu spät!« Und damit zog er respektvoll seine Mütze ab.

Mr Markam war tief gerührt und dankbar, dass er

einem furchtbaren Tod entronnen war. Aber der Stachel, der ihm seiner Eitelkeit wegen wieder ins Fleisch gebohrt wurde, war trotz seiner Demut plötzlich wieder fühlbar. Eben wollte er eine zornige Antwort geben, da fielen ihm die warnenden Worte des halbverrückten Postboten ein: »Tritt dir von Angesicht zu Angesicht gegenüber und tue Buße, ehe der Quicksand dich verschlingt!«

Und hier erinnerte er sich plötzlich an seinen Doppelgänger, den er dort draußen gesehen hatte, und an die plötzliche Gefahr, die durch den Quicksand drohte. Eine ganze Minute sagte er kein Wort, doch dann sprach er:

»Mein guter Mann, ich verdanke Euch mein Leben!«

Und mit einer Verbeugung gab der Fischer zurück: »Nein, gar nicht! Das verdankt Ihr Gott; doch was mich betrifft, so bin ich nur zu glücklich, dass ich das Werkzeug seiner Gnade sein durfte.«

»Aber Ihr werdet mir doch erlauben, meine Dankbarkeit zu zeigen!«, sagte Markam und schüttelte die beiden großen Hände seines Retters und drückte sie mit den seinen. »Mein Herz ist noch zu voll, und meine Nerven sind noch zu stark hergenommen, als dass ich mehr sagen könnte. Aber glaubt mir, ich bin Euch sehr, sehr dankbar!«

Es war offensichtlich, dass der arme alte Kerl tief

gerührt war, denn die Tränen rannen ihm über die Backen hinunter.

Der Fischer meinte darauf etwas grob, aber wahr und ehrlich:

»Ja, Herr! Ich weiß, dass Ihr mir danken wollt – wenn das Eurem armen Herzen wohltut. Und ich meine, wenn es um mich gegangen wäre, dann würde ich auch dankbar sein. Aber, Herr, was mich betrifft: Ich will keinen Dank. Ich bin richtig froh, das bin ich!«

Dass Arthur Fernlee Markam wirklich von Herzen dankbar war, zeigte sich etwas später in der Praxis. Innerhalb einer Woche segelte die feinste Fischerjacht, die je den Hafen von Peterhead angelaufen hatte, in Port Crooken ein. Sie war voll ausgestattet mit Segeln, allerlei Ausrüstungsgegenständen und mit den besten Netzen, die zu haben waren. Ihr Skipper und seine Mannschaft fuhren mit der Postkutsche weg, nachdem sie der Frau des Fischers die Papiere übergeben hatten, die ihn zum Besitzer machten.

Während Mr Markam und der Salmfischer zusammen dem Strand entlangbummelten, bat jener den Begleiter, doch ja niemand gegenüber die Tatsache zu erwähnen, dass er in solch großer Gefahr geschwebt habe, denn es würde doch nur seine Frau und seine Kinder betrüben. Er sagte, er werde sie alle vor dem Quicksand warnen, und zu diesem Zwecke ließ er sich sogleich eine Menge Fragen über das Thema beantworten, bis er das Gefühl hatte, er wisse nun darüber alles Nötige. Ehe sie sich trennten, fragte er seinen Begleiter, ob er denn nicht noch eine zweite Gestalt bemerkt habe, die, gleich angezogen wie er, auf dem Fels nebendran gesessen sei.

»Nein, ach nein! Es gibt keinen zweiten derartigen Narren hier herum. Hat es auch seit vielen Jahren nicht gegeben, jedenfalls nicht seit der Zeit von Jamie Fleeman – das war der Hofnarr unseres Lord Udny. Aber, Mann, ein derart heidnischer Aufzug, wie Ihr ihn da habt, ist seit Menschengedenken in dieser Gegend nicht gesehen worden! Und ich denk mir, dass so 'n Anzug niemals zum Sitzen auf kaltem Stein gemacht ist, wie Ihr das vorhin tatet! Mann, ja habt Ihr denn nicht Angst, Ihr könntet Rheumatismus oder gar das Zipperlein kriegen, wenn Ihr so mit dem nackten – äh! – Fleisch auf dem kalten Stein hockt? Ich hab mir heut Morgen, wie ich Euch das erste Mal unten am Hafen sah, gedacht, dass Ihr etwas verrückt sein müsst. Aber jetzt sehe ich, dass Ihr ein Narr oder ein Idiot sein müsst, Euch so zu benehmen!«

Mr Markam lag nichts daran, eine Diskussion über diesen Punkt zu beginnen, denn sie waren nun in der Nähe seines Hauses angekommen. Er bat den Fischer, er solle doch zu einem Glas Whisky hereinkommen – was der gerne annahm –, und sie trennten sich und wünschten gute Nacht. Er sah zu, seine Familie sogleich vor dem Quicksand zu warnen, und ließ durchblicken, er sei selber beinahe dadurch in Gefahr geraten.

Die ganze Nacht hindurch machte er kein Auge zu. Er hörte die Uhren jede Stunde schlagen. Er mochte versuchen, wie er wollte, er konnte einfach den Schlaf nicht finden. Immer und immer wieder ging er sein schreckliches Erlebnis im Quicksand durch, vom Punkt an, als Saft Tammie seine sprichwörtliche Schweigsamkeit gebrochen hatte, um ihm eine Predigt über Eitelkeit zu halten und ihn zu warnen. Und immer wieder tauchte dann die Frage vor ihm auf: »Bin ich denn wirklich so eitel, dass ich zu den Narren gezählt werde?« Und die Antwort tönte in seinen Ohren – es waren die Worte des verrückten Propheten: »Eitelkeit der Eitelkeiten! Alles ist Eitelkeit! Tritt dir selber von Angesicht zu Angesicht gegenüber und tue Buße, ehe der Quicksand dich verschlingt!«

Irgendwie bemächtigte sich seiner eine Untergangsstimmung, und die Idee grub sich in ihm fest, er werde in jenem Quicksand doch noch zugrunde gehen, denn er hatte sich ja Angesicht zu Angesicht gesehen. Im Morgengrauen schlummerte er endlich ein, aber das Thema verfolgte ihn in den Schlaf. Seine Frau weckte ihn und sagte:

»So sei doch etwas ruhiger in deinem Schlaf! Dieses verflixte Hochländerkostüm hat dein Gehirn angegriffen. Und red nicht die ganze Zeit im Schlaf, bitte!«

Er hatte das unbestimmte Gefühl der inneren Befreiung, als wäre ein furchtbares Gewicht von seiner Seele genommen worden, wusste aber nicht, worum es ging. Er fragte seine Frau, was er denn im Schlaf gesagt habe, und sie gab zur Antwort:

»Du hast es ja oft genug gesagt, weiß der Himmel! Da muss man sich wohl daran erinnern: ›Nicht von Angesicht zu Angesicht! Ich sah die Adlerfeder über dem kahlen Kopf! Noch ist Hoffnung möglich! Nicht von Angesicht zu Angesicht!‹ So, und jetzt schlaf endlich ein, bitte!«

Und wirklich konnte er nun einschlafen, denn er schien sich darüber klargeworden zu sein, dass die Prophezeiung des Irren noch nicht erfüllt war. Er hatte sich nicht Angesicht zu Angesicht getroffen – jedenfalls noch nicht.

Er wurde von einem Zimmermädchen geweckt, das ihm mitteilte, es sei ein Fischer draußen, der ihn sprechen wolle. Er fuhr, so rasch als es nur ging, in seine Kleider – denn er war noch kein Fachmann in

Sachen Hochländerkostüm – und eilte hinunter, weil er den Salmfischer nicht warten lassen wollte. Er war überrascht und nicht gerade begeistert, als er sehen musste, dass sein Besucher niemand anders war als Saft Tammie, der denn auch sofort das Feuer auf ihn eröffnete:

»Ich muss gleich wieder los zur Post. Aber ich denk mir, verschwendest noch eine Stunde für den, drum komm ich her und will sehen, ob du noch immer derselbe Narr der Eitelkeit bist wie die Nacht zuvor. Und jetzt seh ich, du hast noch nichts gelernt. Nun, die Zeit kommt, das ist sicher! Aber ich hab die ganze Zeit des Morgens für mich, drum hab ich 'reingeguckt zu sehen, wie's kommt, dass du noch nicht im Quicksand verschwunden bist und von da zum Teufel! So, und jetzt muss ich an meine Arbeit!«

Und damit drehte er sich um und ließ einen ziemlich verärgerten Mr Markam zurück, denn die Dienstmädchen hatten sich in Hörweite aufgehalten und hatten Mühe, das Kichern zu unterdrücken. Er war fast entschlossen gewesen, an diesem Tag gewöhnliche Kleider anzuziehen, aber der Besuch von Saft Tammie stürzte diesen Entschluss um. Er würde es denen allen schon noch zeigen, dass er kein Feigling war, und er wollte weiterfahren, wie er angefangen hatte – komme, was da wolle.

Als er in voller Kriegsausrüstung am Frühstückstisch erschien, senkten seine Kinder ihre Köpfe, und ihre Nacken wurden langsam rot. Da aber keines von ihnen lachte – außer Titus, dem Jüngsten, der einen hysterischen Erstickungsanfall bekam und prompt aus dem Zimmer gewiesen wurde –, konnte er ihnen keine Standpauke halten. Er brach sein Ei mit grimmiger Entschlossenheit auf. Es war ein unglücklicher Zufall, dass er, als seine Frau ihm eine Tasse Tee hinüberreichte, mit dem einen seiner Ärmelknöpfe in den Spitzen ihres Morgenrocks hängenblieb, so dass sich der heiße Tee über seine nackten Knie ergoss. Und durchaus verständlich war es, dass er einen Fluch ausstieß, worauf seine Gattin etwas gereizt loslegte:

»Nun ja, Arthur, wenn du eben mit diesem lächerlichen Kostüm unbedingt einen Idioten aus dir machen willst, was kannst du anderes erwarten? Du bist nicht daran gewöhnt – und nie wirst du dich daran gewöhnen!«

Zur Antwort begann er eine empörte Rede mit: »Madam!«, kam aber nicht weiter, da jetzt, wo einmal das Thema angeschnitten war, Mrs Markam entschlossen war, sich auszusprechen. Es war kein angenehmer Diskurs, und wenn wir die Wahrheit sagen wollen, auch nicht auf verbindliche Art vorgetragen. Das Benehmen einer Frau, wenn sie anfängt, ihrem Manne ›Wahrheiten‹ zu sagen, ist ja selten angenehm. Das Resultat war denn auch, dass Arthur Fernlee Markam sich zur selben Stunde schwor, dass er kein anderes Kleid mehr tragen werde, solange er in Schottland weilen würde. Und wie jede Frau hatte natürlich seine Gattin das letzte Wort; und dieses letzte Wort war von Tränen begleitet:

»Nun gut, Arthur! Natürlich machst du, was du willst. Mach mich doch so lächerlich, als du es nur fertigbringst, und verdirb den jungen Mädchen die Chance ihres Lebens. Im Allgemeinen scheinen junge Männer von einem schwachsinnigen Schwiegervater wenig zu halten! Aber ich möchte dich warnen, dass deine Eitelkeit eines Tages einen bösen Schock erleiden wird – wenn du nicht vorher in einer Irrenanstalt landest – oder gar tot bist!«

Nach ein paar Tagen war es ziemlich klar, dass Mr Markam seine Spaziergänge größtenteils allein würde durchführen müssen. Hie und da gingen die Töchter zwar mit ihm aus, aber nur sehr früh morgens oder spät nachts oder dann an einem regnerischen Tag, wenn niemand auf der Straße war. Sie behaupteten zwar, sie würden jederzeit mit ihm spazieren gehen, aber irgendwie schien stets etwas dazwischenzukommen, das sie verhinderte zu kommen. Bei solchen Gelegenheiten war dann auch keiner der Jungen zu finden, und was Mrs Markam betraf, so lehnte sie glattweg ab, mit ihm auszugehen, solange er darauf bestehe, sich wie ein Narr zu benehmen. Sonntags zog er sein übliches schwarzes Kleid an, weil er fühlte, dass die Kirche kein Platz für zornige Menschen sei. Am Montag aber zog er schon morgens seine Hochlandtracht wieder an. Er hätte aber zu dieser Zeit bereits viel darum gegeben, wenn er das Kleid nie gesehen hätte; doch sein britischer Starrkopf war stärker, und so gab er nicht nach. Jeden Morgen sprach Saft Tammie bei ihm vor, und da er ihn nicht aufsuchen oder ihm eine Nachricht schicken konnte, kam er nachmittags nochmals vorbei, wenn er seinen Postsack abgeliefert hatte, und passte auf, ob Markam ausgehen werde. Traf er ihn dann wirklich, dann versäumte er nie die Gelegenheit, ihn wegen seiner Eitelkeit mit denselben Worten zu warnen, die er bei der ersten Begegnung gebraucht hatte. Noch ehe viele Tage verflossen waren, sah Mr Markam in dem irren Briefträger eine Art Geißel.

Als die Woche um war, wurde Mr Markam ziemlich krank, denn die ihm aufgedrängte Einsamkeit, der ständige Kummer und das nicht enden wollende Brüten, das daraus entstand, begannen ihn niederzudrücken. Er war viel zu stolz, als dass er ein Mitglied seiner Familie ins Vertrauen gezogen hätte, denn wie er es sah, hatten sie ihn alle sehr schlecht behandelt. Dazu schlief er nachts sehr wenig, und wenn er endlich schlafen konnte, dann plagten ihn ständig böse Träume. Bloß um sich zu vergewissern, dass sein Mut nicht nachgelassen hatte, suchte er nun regelmäßig und wenigstens einmal im Tage den Quicksand auf, und meistens ging er vor dem Schlafengehen nochmals hin. Vielleicht war es diese Gewohnheit, die den Quicksand so schrecklich eng in seine Träume verwob. Diese Träume wurden immer lebhafter, immer deutlicher, bis er oft beim Erwachen nicht mehr wusste, war er nun wirklich dort draußen gewesen oder hatte er es geträumt. Manchmal glaubte er sogar, er beginne im Schlaf zu wandeln.

Eines Nachts war sein Traum so greifbar deutlich, dass er beim Erwachen nicht glauben konnte, dass es bloß ein Traum gewesen sei. Immer wieder schloss er seine Augen, und jedes Mal stand vor ihm dieselbe Vision – wenn es eine Vision war – oder dieselbe Wirklichkeit – wenn es eine Wirklichkeit war ... Der Mond schien voll und gelb über dem Quicksand, als er darauf zuschritt. Er konnte die weite mondbeschienene Fläche deutlich erkennen, wie sie bebte, wie sich dunkle Schatten auf ihr bildeten, wie der flüssige Sand zitterte, bebte, sich kräuselte und wirbelte, wie er das auch wirklich zwischen den Augenblicken tat, in denen er auszusehen pflegte wie eine Marmorplatte. Als er sich darauf zubewegte, sah er, wie von der anderen Seite eine zweite Gestalt daherkam, mit denselben Schritten, die *er* schritt. Er erkannte seine eigene Gestalt, seinen Doppelgänger, und in lautlosem Entsetzen, gezwungen durch eine ihm unerklärliche Gewalt, ging er weiter – hypnotisiert wie der Vogel durch die Schlange, magnetisiert oder verzückt –, um sein anderes Ich zu treffen. Wie er den nachgiebigen Sand über sich zusammenschlagen fühlte, erwachte er in Todesangst, er zitterte vor Furcht und – wie seltsam – mit den Worten des Einfältigen in seinen Ohren: »Eitelkeit der Eitelkeiten! Alles ist Eitelkeit! Sieh dich selbst und tue Buße, ehe der Quicksand dich verschlingt!«

Er war diesmal so überzeugt, dass er nicht nur geträumt habe, dass er – so früh am Tage es noch war – aufstand, sich anzog, ohne seine Frau zu wecken, und sich zum Strand hinunter begab. Sein Herz krampfte sich zusammen, als er auf eine Reihe von Fußstapfen stieß, die er augenblicklich als seine eigenen erkannte. Das war doch derselbe breite Absatz, dieselbe viereckige Zehenpartie. Er zweifelte nun nicht mehr, dass er wirklich dort gewesen war, und halb entsetzt, halb schlaftrunken folgte er den Spuren – und fand, dass sie sich im Quicksand verloren. Das jagte ihm nun doch einen furchtbaren Schreck ein – denn keine Fußspuren führten wieder zurück. Er spürte, dass hier ein ungutes Geheimnis lag, das er allein nicht zu enträtseln vermochte, und dass es sein Tod sein würde, wenn er es konnte.

In diesem Zustand machte er zwei Fehler: Erstens behielt er sein Geheimnis für sich, und weil keiner in seiner Familie den geringsten Hinweis dafür hatte, schürte jedes von ihnen gesprochene unschuldige Wort das verzehrende Feuer seiner krankhaften Phantasie; und zweitens begann er Bücher über Traumdeuterei und über Geisteszustände zu lesen, mit dem Erfolg, dass jeder verrückte Geistesblitz irgendeines Scharlatans oder halbverrückten Philosophen seinem in Unordnung geratenen Gehirn neuen Anlass zur Beunruhigung gab. Und so arbeiteten negative und positive Faktoren auf dasselbe Ziel zu. Die meiste Beunruhigung lieferte dabei Saft Tammie, der zu gewissen Tageszeiten zu einem Bestandteil seines Gartentores geworden zu sein schien. Nach einiger Zeit begann sich Mr Markam für die Vergangenheit dieses Menschen zu interessieren und fand dabei Folgendes heraus:

Saft Tammie sollte nach allgemeinem Glauben der Sohn eines Gutsherrn in einer der Grafschaften um den Firth of Forth herum sein. Er war ein Stück weit geschult worden, um Pfarrer zu werden, aber aus irgendeinem Grund, den keiner kannte, hatte er plötzlich alle seine Pläne fallengelassen und war nach Peterhead gekommen, zu einer Zeit, als der Walfischfang ein einträgliches Geschäft war, und er hatte sich auf einem Walfänger anheuern lassen. Einige Jahre war er bei diesem Geschäft geblieben, war immer verschlossener und schweigsamer geworden, bis seine Schiffskameraden sich gegen einen solch schweigsamen Genossen auflehnten. Und so hatte Saft Tammie auf den Fischkuttern der nördlichen Flotte Dienst gefunden. Viele Jahre hatte er sich mit Fischfang beschäftigt, immer im Ruf, er sei ›ein ganz klein bisschen nicht ganz richtig im Kopf‹, bis er sich endlich in Crooken niederließ, wo der Gutsbesitzer, der zweifellos etwas über Tammies Familiengeschichte wusste, ihn als Postboten anstellte, was ihn sozusagen zu einem Rentner machte.

Der Pfarrer, der diese Auskunft vermittelte, schloss seinen Bericht etwa so:

»Es ist wirklich sehr seltsam, aber dieser Mann scheint eine eigenartige Gabe zu besitzen. Ob man sie das Zweite Gesicht nennen soll, an das so viele von uns Schotten gerne glauben, oder ob es sich um irgendeine andere okkulte Form des Wissens handelt, weiß ich natürlich nicht. Aber es kann hierherum nichts Katastrophales passieren, ohne dass die Männer, die mit ihm zusammenwohnen, nachher imstande sind, einen Ausspruch zu zitieren, den Saft Tammie getan hatte und der genau jene Katastrophe voraussagte. Er wird jeweils unruhig oder aufgeregt – wacht auf, könnte man sagen, wenn Tod in der Luft liegt!«

Diese Geschichte war natürlich nicht dazu angetan, die Besorgnis des Mr Markam zu vermindern, sondern sie schien im Gegenteil die Prophezeiung zu vertiefen und ihr in seinem Kopf tiefere Bedeutung zu verleihen. Von all den Büchern, die er in der letzten Zeit über dieses Thema gelesen hatte, beeindruckte ihn keines so stark wie *Die Doppelgänger* von Dr. Heinrich von Aschenberg, der aus Bonn stammte. In diesem Buch erfuhr er erstmals etwas über Fälle von doppelter Existenz – wo jedes Wesen vom andern durchaus getrennt blieb –, wobei der Körper jeweils mit dem einen Geist verbunden blieb, mit dem andern aber bloß ein Phantom bildete. Kein Wunder also, dass Mr Markam diese Theorie als genau zu seinem eigenen Fall passend ansah. Der kurze Augenblick, in dem er damals, in der Schreckensnacht, sich selbst von hinten gesehen hatte – seine Fußstapfen, die sich im Quicksand verloren und die nicht wieder zurückführten –, die Prophezeiung von Saft Tammie, die besagte, dass er sein zweites Ich sehen und dann im Quicksand verschwinden werde –, all das verhalf ihm zu der Überzeugung, dass er mit seiner eigenen Existenz ein Beispiel des Doppelgängers sei. Da er sich also seines Doppellebens nun bewusst war, unternahm er Schritte, diese Existenz zur eigenen Zufriedenheit nachzuweisen. Zu diesem Zweck schrieb er vor dem Zubettgehen mit Kreide seinen Namen auf die Schuhsohlen.

In jener Nacht träumte er wieder vom Quicksand und sah sich selber dort – träumte so lebhaft, dass er auf seinem Spaziergang im Morgengrauen einfach nicht glauben konnte, dass er nicht persönlich dort gewesen sei. Er stand auf, ohne seine Frau zu wecken, und suchte nach seinen Schuhen.

Die Unterschrift in Kreide stand unverwischt noch genau so da! Er zog sich an und stahl sich ins Freie. Diesmal war Flut, darum ging er über die Dünen und erreichte den Strand jenseits der Stelle, wo der Quicksand sich befinden musste. Dort – es war entsetzlich! – sah er seine eigenen Fußspuren, die sich im Quicksand verloren!

Er kam als verzweifelter, todtrauriger Mann wieder ins Haus zurück. Es schien einfach unglaublich, dass er, ein älterer Kaufmann, der ein langes und ereignisloses Leben hinter sich hatte und sich ausschließlich mit dem Anhäufen von Reichtum in der lärmigen Stadt London beschäftigt hatte, jetzt plötzlich mitten in Geheimnisse und Schrecken verstrickt sein sollte und dass er auf einmal entdecken musste, dass er zwei Existenzen besaß. Er mochte nicht einmal zu seiner Frau über diese Sache reden, weil er wusste, dass sie dann sofort alle Einzelheiten über sein anderes Leben verlangen würde – dasjenige, von dem sie nichts wusste. Und er wusste auch, dass sie vom ersten Moment an sich nicht nur einbilden würde, er habe sie auf jede Art und Weise betrogen, sondern sie würde ihn auch geradeheraus dessen bezichtigen. Und so verspann er sich immer tiefer in seine finsteren Gedanken. Eines Abends – es hatte eben die Ebbe begonnen, und der Mond war voll – saß er am Tisch und wartete auf das Essen, als das Dienstmädchen eintrat und meldete, Saft Tammie randaliere vor der Türe, weil ihm der Eintritt ins Haus verweigert wurde. Markam war sehr ungehalten darüber, wollte aber seiner Angestellten nicht zeigen, dass er in dieser Beziehung etwas zu fürchten habe, und darum gebot er dem Mädchen, ihn hereinzuführen. Tammie kam, mit raschem Schritt und erhobenen Hauptes, in den Augen das Feuer einer wilden Entschlossenheit. Kaum stand er im Zimmer, legte er auch schon los:

»Ich bin noch mal gekommen, dich zu sehen – noch ein Mal. Und da hockst du, hockst wie ein Papagei auf der Stange. Nu, Mann, ich verzeih dir! Merk dir das wohl: Ich verzeih dir!«

Und ohne ein weiteres Wort drehte er sich auf dem Absatz um und lief aus dem Haus. Der Hausherr aber blieb in sprachloser Entrüstung zurück.

Nach dem Essen beschloss er, dem Quicksand einen weiteren Besuch abzustatten – nicht einmal sich selber mochte er zugeben, dass er sich davor fürchtete. Und so machte er sich denn zurecht, legte seine ganze Kriegsausrüstung an, und gegen neun Uhr machte er sich auf zum Strand, spazierte durch den Sand und setzte sich neben dem nächstliegenden Fels hin. Der Vollmond befand sich hinter ihm und beleuchtete mit seinem Schein die Bucht, die Brandung draußen, die dunkle Silhouette des Vorgebirges und die Stangen der Salmfischnetze. Im hellen gelblichen Schein schienen die Lichter in den Fenstern von Port Crooken und dem entfernten Gutshof wie zitternde Sterne. Lange Zeit saß er so und trank die Schönheit der Stimmung in sich hinein; seine Seele wurde so still und zufrieden, wie sie es seit Tagen nicht gewesen war. Alles Kleinliche, aller Ärger, all die dummen Befürchtungen der vergangenen Wochen schienen wie ausgelöscht, und eine neue, fast heilige Ruhe ersetzte sie. In dieser sanften und feierlichen Stille ging er in Gedanken seiner letzten Entscheidung noch einmal nach und schämte sich über seine Eitelkeit und über den darauffolgenden Starrsinn. Und da beschloss er auf der

Stelle, dass dies nun wirklich das allerletzte Mal sein würde, dass er dieses lächerliche Kostüm angezogen hatte, das ihn von seinen Lieben getrennt hatte und das ihm so viele Stunden und Tage des Kummers, des Ärgers und der Schmerzen verursacht hatte.

Doch kaum hatte er es gedacht, meldete sich in ihm eine andere Stimme, die ihn spöttisch fragte, ob er überhaupt je wieder die Möglichkeit haben werde, diese Ausrüstung zu tragen – dass es ohnehin zu spät sei –, er habe seinen Weg einmal eingeschlagen und müsse ihn nun weitergehen.

›Es ist noch nicht zu spät‹, meldete sich nun sein besseres Ich sogleich wieder. Und mit diesem Gedanken stand er auf, um nach Hause zu gehen und sich dieses verhassten Kostüms ein für alle Mal zu entledigen. Er blieb stehen, um einen letzten Blick auf die stimmungsvolle Gegend zu werfen.

Das Mondlicht lag bleich und sanft auf allem und löste die harten Umrisse der Felsen etwas auf, vertiefte die Schatten zu einem samtenen Schwarz. Es schien wie mit bleicher Flamme auf die hereinwachsende Flut, die nun wie ein beweglicher Saum über den Sandboden kroch. Dann verließ er den Fels und wandte sich dem Strande zu.

Aber in diesem Augenblick schüttelte ihn ein furchtbarer Schauder des Entsetzens, und das Blut, das ihm zu Kopfe schoss, löschte für ein paar Sekunden sogar das Mondlicht aus. Denn noch einmal musste er sein anderes Ich sehen, wie es von der gegenüberliegenden Seite des Felsens gegen den Strand wandelte. Der Schreck war umso größer, weil er dicht auf die bezaubernde Stille folgte, die er eben genossen hatte. Wie gelähmt starrte er auf die verhängnisvolle Vision und auf den zitternden, sich kräuselnden und dahinkriechenden Quicksand, der sich nach etwas zu verzehren schien, das zwischen ihnen lag. Diesmal war ein Zweifel ausgeschlossen, denn obschon der hinter ihnen stehende Mond das Gesicht des Doppelgängers im Schatten ließ, konnte er dieselben glattrasierten Wangen, dasselbe buschige Schnauzbärtchen feststellen, das er seit ein paar Wochen hatte wachsen lassen. Der Mond beschien denselben grellen Tartanstoff und die Adlerfeder. Sogar der eine kahle Fleck auf der Seite unter der Glengarry-Mütze war leuchtend zu erkennen, überdies die Cairngorm-Brosche auf der Schulter und die glitzernden Silberknöpfe. Während er noch starrte, fühlte er, wie seine Füße langsam einsanken, denn er stand noch immer nahe am Rande des Quicksands. Rasch trat er zurück. Noch während er das tat, folgte die andere Gestalt nach, so dass die Distanz zwischen ihnen dieselbe blieb.

Und da standen die beiden nun Angesicht zu Angesicht, wie durch einen unheimlichen Zauber festgehalten. Und durch das Brausen in seinem Kopf glaubte Markam die Worte der Prophezeiung herauszuhören: »Sieh dich von Angesicht zu Angesicht und tue Buße, ehe der Quicksand dich verschlingt.« Jetzt stand er sich selbst gegenüber, er hatte Buße getan – und nun war er im Quicksand am Versinken! Warnung und Prophezeiung erfüllten sich.

Über ihm kreischten die Möwen am Rande der hereinströmenden Flut. Dieser realistische Ton, der so durchaus sterblich klang, brachte ihn wieder zu sich. Sofort trat er ein paar Schritte rückwärts, denn bis jetzt waren nur seine Füße im weichen Sand versunken. Während er das tat, machte die andere Gestalt ein paar Schritte in seine Richtung, geriet in die tödliche Umklammerung des Quicksandes und begann zu versinken. Markam kam es vor, als würde er selbst seinem eigenen Tod entgegensinken, und augenblicklich machte sich die Seelenangst in einem furchtbaren Schrei Luft. Im selben Moment stieß auch der andere einen schrecklichen Schrei aus, und als Markam nun seine Arme nach oben warf, tat der andere wiederum dasselbe. Mit schreckerfüllten Augen sah er, wie der andere immer tiefer im Quicksand verschwand. Und da ging er selbst – getrieben von einer unerklärlichen Gewalt – wieder auf den Sand zu, um seinem Schicksal zu begegnen. Wie nun aber sein Fuß einzusinken begann, vernahm er wieder das Kreischen der Möwen, das seinen benommenen Geist wieder wachrüttelte. Mit mächtiger Anstrengung zog er seinen Fuß aus dem Sand, der ihn festzuhalten schien, so dass der Schuh stecken blieb. In maßlosem Entsetzen drehte er sich um und rannte von der Stelle weg. Er rannte und rannte ohne Aufhören, bis sein Atem versagte, seine Kraft ihn verließ – und halb ohnmächtig sank er auf dem grasbewachsenen Pfad zwischen den Dünen zu Boden.

Arthur Markam war entschlossen, seiner Familie kein Wort über sein schreckliches Abenteuer zu sagen – wenigstens bis zu einer Zeit, da er wieder völlig Herr über sich sein würde. Jetzt, wo der schaurige Doppelgänger vom Quicksand verschlungen war, kehrte langsam seine Seelenruhe zurück.

In jener Nacht schlief er tief und träumte überhaupt nicht. Am folgenden Morgen war er wieder der Alte. Es machte wirklich den Anschein, als ob sein jüngeres und böseres Ich für immer verschwunden sei. Und – seltsam! – Saft Tammie stand nicht mehr am Gartentor, zeigte sich nie mehr dort, sondern saß wieder an seinem alten Platz und starrte wie in früheren Zeiten mit lackschwarzen Augen ins Nichts. Markam hatte sich entschieden: Nie mehr trug er sein Hochländerkostüm, sondern er machte eines Abends ein Bündel daraus, wickelte auch das Claymore-Schwert, den Dirk und den Philibeg und alles andere, was dazugehörte, hinein, nahm es heimlich unter den Arm und warf es in den Quicksand. Mit einem unerhörten Gefühl der Erleichterung beobachtete er, wie das Bündel vom gierigen Sand, der sich über ihm mit Marmorglätte schloss, verschluckt wurde. Dann begab er sich nach Hause, und mit heiterer Miene gab er seiner Familie, die gemütlich im Wohnzimmer beisammensaß, bekannt:

»So, meine Lieben, es freut euch vielleicht zu vernehmen, dass ich meine fixe Idee, das Hochländerkostüm zu tragen, aufgegeben habe. Ich sehe jetzt ein, was für ein eingebildeter Narr ich war und wie lächerlich ich mich damit gemacht habe! Ihr werdet das Kostüm nie wiedersehen!«

»Wo ist es denn, Vater?«, fragte eines der Mädchen, das fühlte, man sollte etwas sagen, damit ein so aufopferndes Geständnis wie das ihres Vaters nicht kommentarlos übergangen würde. Seine Antwort kam so sanft, dass das Mädchen von seinem Sitz aufstand, zu ihm hinüberging und ihm einen Kuss gab. Die Antwort lautete:

»Im Quicksand, meine Liebe! Und ich hoffe, mein zweites, böses Ich sei dort zusammen mit ihm für immer begraben.«

Der Rest des Sommers verging für die Familie in vollkommener Harmonie, und nach der Rückkehr in die große Stadt hatte Mr Markam die ganze abenteuerliche Geschichte mit dem Quicksand schon fast vergessen, bis er eines Tages einen Brief vom MacCallum erhielt, der ihm etwas zu denken gab, so dass er seiner Familie auch darüber lieber nichts sagte. Den Brief beantwortete er aus einem ganz bestimmten Grunde nicht. Er enthielt das Folgende:

Firma MacCallum More und
Roderick MacDhu
Schottischer All-Wool-Tartan-Kleidermarkt
Copthall Court, E. C.

den 30. September 1892

Sehr geehrter Herr!
Ich hoffe, Sie werden mir meine Freimütigkeit verzeihen, dass ich Ihnen schreibe, aber ich möchte gern an Sie eine Nachfrage stellen, da ich vernommen habe, dass Sie Ihre Ferien in Aberdeenshire (Schottland, N. B.) verbracht haben. Mein Partner, Roderick MacDhu – so lautet sein Name aus Geschäftsgründen auf unseren Firmenschildern und Inseraten, in Wirklichkeit heißt er Emmanuel Moses Marks von London –, begab sich Anfang letzten Monats auf eine Wanderung

nach Schottland (N. B.), und da ich nur ein einziges Mal etwas von ihm hörte, und dies kurz nach seiner Abreise, bin ich nun etwas besorgt, es könnte ihm etwas zugestoßen sein. Nachdem es mir mit allen mir zur Verfügung stehenden Mitteln nicht möglich war, etwas über ihn zu erfahren, wage ich es nun, mich an Sie zu wenden. Sein einziger Brief war offenbar in großer Niedergeschlagenheit verfasst worden. Er erwähnte, er müsse befürchten, es werde ein Gericht über ihn kommen, weil er den Wunsch hatte, als Schotte auf schottischem Boden aufzutreten; denn er habe kurz nach seiner Ankunft dort oben in einer Mondnacht seinen ›Geist‹ gesehen. Er verwies offenbar auf den Umstand, dass er sich vor seiner Abreise ein Hochländerkostüm ähnlich demjenigen, das Sie sich bei uns anfertigen ließen, anschaffte, denn er war ja, wie Sie vielleicht noch wissen, sehr davon begeistert. Vielleicht aber hat er es gar nie getragen, da er, soviel ich weiß, Hemmungen hatte, es anzuziehen. Er ging darin gar so weit, mich ins Vertrauen zu ziehen und mir zu sagen, er werde höchstens abends spät sich getrauen, es anzuziehen – oder dann ganz früh morgens und an ganz abgelegenen Orten, bis er sich etwas mehr ans Kostüm gewöhnt haben würde. Leider hat er mir nicht mitgeteilt, welche

Reiseroute er gewählt hat, so dass ich keine Ahnung habe, wo er sein könnte. Nun erlaube ich mir, bei Ihnen anzufragen, ob Sie vielleicht irgendwo ein ähnliches Hochländerkostüm gesehen oder davon gehört haben, besonders in der Umgebung, wo Sie – wie ich vernommen habe – kürzlich ein Haus gekauft und in dem Sie vorübergehend gewohnt haben sollen. Ich erwarte auf diesen Brief keine Antwort, es sei denn, Sie könnten mir tatsächlich Auskunft über meinen Partner und Freund geben. Bemühen Sie sich also bitte nicht mit Schreiben, es sei denn, Sie wüssten etwas. Ich schöpfe immerhin Hoffnung, dass er sich in Ihrer Nachbarschaft aufhielt, da sein Brief, obgleich ohne Datum, in Yellon abgestempelt wurde, das, wie ich weiß, in Aberdeenshire liegt, also nicht weit von Mains of Crooken. Ich habe die Ehre, sehr geehrter Herr, Sie zu grüßen

mit vorzüglicher Hochachtung
»Joshua Sheeny Cohen Benjamin«
(Der MacCallum More)

Sheridan Le Fanu
Carmilla, die Vampirin

Die hübsche Laura bewohnt mit ihrem Vater und wenigen Bediensteten das prunkvolle, aber abgelegene Schloss in der idyllischen Steiermark. Das Leben ist beschaulich – bis eines Nachts eine wundersame junge Frau ins Leben der Schlossbewohner tritt. Niemand weiß, wer die schöne Carmilla ist; sie selbst muss sich auf Geheiß ihrer Mutter in Schweigen hüllen. Schnell wächst zwischen den jungen Frauen eine tiefe Freundschaft, deren wahre Natur jedoch vorerst im Verborgenen bleibt. Erst als Laura von einer mysteriösen Mattigkeit heimgesucht und von Tag zu Tag schwächer wird, sucht ihr Vater verzweifelt nach den Gründen – und kommt ungewollt der dunklen Vergangenheit Carmillas auf die Spur.
Ein wahrer Leckerbissen: voll Spannung, böser Träume und süßer Hingabe – und echter Vampire!

»Man könnte Le Fanu den Simenon des Phantastischen nennen. Seine Art zu erzählen ist von der gleichen durchsichtigen Klarheit.« *V. S. Pritchett*

»Die Erzählung zählt zu den besten Vampirgeschichten der Weltliteratur und ist eines der Vorbilder von Bram Stokers *Dracula*.«
Kindlers Neues Literatur Lexikon

Hinterhältige Geschichten im Diogenes Verlag

Früher war noch mehr Strand
Hinterhältige Reisegeschichten
Auch als Diogenes Hörbuch erschienen, gelesen von Jochen Striebeck, Anna König, Martin Suter, Doris Dörrie und Cordula Trantow

Nicht schon wieder Stau!
Hinterhältige Reisegeschichten
Auch als Diogenes Hörbuch erschienen, gelesen von Anna König und Tommi Piper

Nicht schon wieder Ostern!
Hinterhältige Ostergeschichten
Auch als Diogenes Hörbuch erschienen, gelesen von Tommi Piper

Früher war mehr Herz
Hinterhältige Liebesgeschichten
Auch als Diogenes Hörbuch erschienen, gelesen von Claus Biederstaedt, Ursula Illert und Hannelore Hoger

Früher war mehr…
Hinterhältige erotische Geschichten
Auch als Diogenes Hörbuch erschienen, gelesen von Jochen Striebeck, Anna König und Tommi Piper

Früher waren mehr Tore
Hinterhältige Fußballgeschichten sowie zwei Dialoge und zwei Gedichte

Früher war mehr Bescherung
Hinterhältige Weihnachtsgeschichten

Früher war mehr Lametta
Hinterhältige Weihnachtsgeschichten
Auch als Diogenes Hörbuch erschienen, gelesen von Uta Hallant, Anna König und Martin Suter

Früher war noch mehr Lametta
Hinterhältige Weihnachtsgeschichten
Auch als Diogenes Hörbuch erschienen, gelesen von Anna König, Martin Suter, Hans Korte und Cordula Trantow

Früher war noch viel mehr Lametta
Hinterhältige Weihnachtsgeschichten
Auch als Diogenes Hörbuch erschienen, gelesen von Jochen Striebeck und Anna König

Nicht schon wieder Wellen!
Hinterhältige Geschichten vom Meer
Auch als Diogenes Hörbuch erschienen, gelesen von Sabine Kastius und Jochen Striebeck

Nicht schon wieder Weihnachten!
Hinterhältige Weihnachtsgeschichten

Nicht schon wieder Essen!
Hinterhältige kulinarische Geschichten

Außerdem erschienen:

Früher war mehr Strand
Hinterhältige Reisegeschichten
Diogenes Hörbuch, 1 CD, gelesen von Cordula Trantow, Doris Dörrie, Martin Suter, Hans Korte, Urs Widmer und Christian Ulmen

Franz Kafka im Diogenes Verlag

»Ich erinnere mich, wie ich ein Bändchen zu lesen begann, es war von einem unbekannten Franz Kafka und hieß *Die Verwandlung*, und immer wieder blätterte ich zum Titelblatt zurück und buchstabierte den Namen des Verfassers, denn mir schien, diese phantastische, zugleich schreckliche und schöne Erzählung sei aus einem ganz besonderen, märchenhaften, seltenen Stoff, einem Spinnweb aus Spiel und blutigem Ernst, aus Traum und tiefster Bedeutung, und obwohl in dieser unerhörten Erzählung etwas war, was mich damals irritierte, ja abstieß, war ich dennoch von ihr bezaubert und habe sie nie wieder vergessen können.«
Hermann Hesse

Die Verwandlung
Erzählung

Brief an den Vater
Mit einem Nachwort von Max Brod

Der Prozeß
Roman. Mit einem Nachwort von Max Brod

Das Schloß
Roman. Mit einem Nachwort von Max Brod

Amerika
Roman. Mit einem Nachwort von Max Brod

Das Franz Kafka Lesebuch
Herausgegeben von Jürg Amann und Winfried Stephan

Meistererzählungen
Ausgewählt von Winfried Stephan
Mit einem Nachwort von Walter Muschg
und einer Erinnerung an Franz Kafka
von Kurt Wolff

Oscar Wilde im Diogenes Verlag

»Nachdem ich im Laufe der Jahre Wilde gelesen und wiedergelesen habe, bin ich auf eine Tatsache aufmerksam geworden, die seine Lobredner, so scheint es, nicht einmal geahnt haben: die nachprüfbare Tatsache nämlich, daß Wilde fast immer recht hat.«
Jorge Luis Borges

Das Bildnis des Dorian Gray
Roman. Aus dem Englischen
von W. Fred und Anna von Planta

Sämtliche Erzählungen
sowie 35 philosophische Leitsätze zum Gebrauch für die Jugend
Herausgegeben und mit einem Nachwort von Gerd Haffmans
Zeichnungen von Aubrey Beardsley

Der Sozialismus und die Seele des Menschen
Ein Essay. Deutsch von
Gustav Landauer und Hedwig Lachmann
Frontispiz von Walter Crane

De profundis
Epistola: in carcere et vinculis sowie Die Ballade vom
Zuchthaus zu Reading. Deutsch von Hedda Soellner, Otto Hauser
und Markus Jakob. Mit einem Nachwort von
Gisela Hesse und einem Essay von Jorge Luis Borges

Denken mit Oscar Wilde
Extravagante Gedanken über die Magie der Schönheit
und die allmächtige Kunst,
Kritik als Schöpfung, das dekorative Geschlecht
und die menschliche Tragikomödie
Herausgegeben und mit einem
Vorwort von Wolfgang Kraus
(vormals: *Extravagante Gedanken*)

Edgar Allan Poe im Diogenes Verlag

»Als ich zum erstenmal ein Buch von ihm aufschlug, fand ich bei ihm Gedichte und Novellen, wie sie mir bereits durch den Kopf gegangen waren, undeutlich und wirr jedoch, ungeordnet – Poe aber hat es verstanden, sie zu verbinden und zur Vollendung zu führen. Bewegt und bezaubert entdeckte ich nicht nur Sujets, von denen ich geträumt hatte, sondern auch Sätze und Gedanken, die die meinigen hätten sein können – hätte sie nicht Poe zwanzig Jahre vorher geschrieben.«
Charles Baudelaire

Werkausgabe in Einzelbänden,
herausgegeben von Theodor Etzel
Aus dem Amerikanischen von Gisela Etzel,
Wolf Durian u. a.

Der Untergang des Hauses Usher
und andere Geschichten von Schönheit, Liebe und Wiederkunft

Die schwarze Katze
und andere Verbrechergeschichten

Die Maske des Roten Todes
und andere phantastische Fahrten

Der Teufel im Glockenstuhl
und andere Scherz- und Spottgeschichten

Die denkwürdigen Erlebnisse des Arthur Gordon Pym
Roman. Mit einem Nachwort von Jörg Drews

Meistererzählungen
Ausgewählt und mit einem Vorwort von Mary Hottinger

Patricia Highsmith im Diogenes Verlag

Im Frühling 2002 hat der Diogenes Verlag eine Werkausgabe von Patricia Highsmith mit weltweit unveröffentlichten Stories aus dem Nachlaß und mit Neuübersetzungen ihres zu Lebzeiten erschienenen Werks gestartet (u.a. von Nikolaus Stingl, Melanie Walz, Irene Rumler, Christa E. Seibicke, Dirk van Gunsteren, Werner Richter und Matthias Jendis). Alle Bände in neuer Ausstattung, kritisch durchgesehen nach den Originaltexten und mit einem Nachwort zu Lebens- und Werkgeschichte. Die Edition macht sich erstmals die Aufzeichnungen der Autorin zur Entstehungsgeschichte einzelner Werke, zu Plänen und Inspirationsquellen zunutze und informiert über den schöpferischen Prozeß und über die Lebenszusammenhänge, wie sie sich aus den Notiz- und Tagebüchern der Autorin rekonstruieren lassen.

Werkausgabe in 32 Bänden. Herausgegeben von Paul Ingendaay und Anna von Planta in Zusammenarbeit mit Ina Lannert, Barbara Rohrer und Kate Kingsley Skattebol. Jeder Band mit einem Nachwort von Paul Ingendaay.

Bisher erschienen:

Zwei Fremde im Zug
Roman. Aus dem Amerikanischen von Melanie Walz

Der Schrei der Eule
Roman. Deutsch von Irene Rumler

Das Zittern des Fälschers
Roman. Deutsch von Dirk van Gunsteren

Die stille Mitte der Welt
Stories. Deutsch von Melanie Walz

Lösegeld für einen Hund
Roman. Deutsch von Christa E. Seibicke

Der talentierte Mr. Ripley
Roman. Deutsch von Melanie Walz

Ripley Under Ground
Roman. Deutsch von Melanie Walz

Die Augen der Mrs. Blynn
Stories. Deutsch von Christa E. Seibicke

Der Schneckenforscher
Stories. Deutsch von Dirk van Gunsteren

Ripley's Game oder Der amerikanische Freund
Roman. Deutsch von Matthias Jendis

Ediths Tagebuch
Roman. Deutsch von Irene Rumler

Tiefe Wasser
Roman. Deutsch von Nikolaus Stingl

Die zwei Gesichter des Januars
Roman. Deutsch von Werner Richter

Der süße Wahn
Roman. Deutsch von Christa E. Seibicke

Die gläserne Zelle
Roman. Deutsch von Werner Richter

Leise, leise im Wind
Stories. Deutsch von Werner Richter
Zwei Stories (›Der Mann, der seine Bücher im Kopf schrieb‹ und ›Leise, leise im Wind‹) auch als Diogenes Hörbuch erschienen: *Der Mann, der seine Bücher im Kopf schrieb*, gelesen von Jochen Striebeck

Der Junge, der Ripley folgte
Roman. Deutsch von Matthias Jendis

Venedig kann sehr kalt sein
Roman. Deutsch von Matthias Jendis

Kleine Mordgeschichten für Tierfreunde / Kleine Geschichten für Weiberfeinde
Stories. Deutsch von Melanie Walz
Ausgewählte Stories auch als Diogenes Hörbuch erschienen: *Kleine Mordgeschichten für Tierfreunde*, gelesen von Alice Schwarzer

Elsies Lebenslust
Roman. Deutsch von Dirk van Gunsteren

Ripley Under Water
Roman. Deutsch von Matthias Jendis

Salz und sein Preis
Roman. Deutsch von Melanie Walz (vormals: *Carol.* Roman einer ungewöhnlichen Liebe)

Keiner von uns
Stories. Deutsch von Matthias Jendis

Der Stümper
Roman. Deutsch von Melanie Walz

Ein Spiel für die Lebenden
Roman. Deutsch von Bernhard Robben

Nixen auf dem Golfplatz
Stories. Deutsch von Matthias Jendis

›Small g‹ – eine Sommeridylle
Roman. Deutsch von Matthias Jendis

Der Geschichtenerzähler
Roman. Deutsch von Matthias Jendis

Leute, die an die Tür klopfen
Roman. Deutsch von Manfred Allié

Geschichten von natürlichen und unnatürlichen Katastrophen
Stories. Deutsch von Matthias Jendis

In Vorbereitung:

Materialienband
(vorm.: *Patricia Highsmith – Leben und Werk*)

Suspense oder Wie man einen Thriller schreibt
Werkstattbericht

Georges Simenon

Ausgewählte Romane in 50 Bänden

in chronologischer Reihenfolge ihrer Niederschrift und in revidierten Übersetzungen

Mit zwanzig hatte Simenon sich vorgenommen, mit dreißig seinen ersten Roman zu schreiben, einen »halbliterarischen« mit Kommissar Maigret als »Spielführer«.
Doch die ersten *»wirklichen, literarischen* Romane«, die wollte er mit vierzig schreiben: die sogenannten ›Non-Maigrets‹ – Romane ohne Maigret.

»Aber wenn wir uns nun schon immer schön der Reihe nach in ein gleichsam nachgeholtes Simenon-Leseleben stürzen, dann fragt sich der immer unbescheidene Leser, wo denn nun die anderen Romane des Meisters bleiben, die ›Non-Maigrets‹? Erinnern Sie sich an *Das Haus am Kanal,* an den *Mann, der den Zügen nachsah,* an die *Drei Zimmer in Manhattan,* an *Die Glocken von Bicêtre*? Lauter fabelhafte Bücher, die mitten hineingehörten in die Reihe der ›Maigrets‹. Man kann nicht alles haben, klar – nur schön wär's schon.«
Rolf Vollmann / Die Zeit, Hamburg

»Simenons wichtigste Werke sind die ›Non-Maigrets‹, hervorragende und phantastisch geschriebene Kunstwerke, die so tun, als wären sie Krimis: hart, düster, leidenschaftlich, voller Schuld und Schmerz und geprägt von ihren Schauplätzen (keiner kann beschreiben wie Simenon), ohne ein Gran Sentimentalität, von verstörender Scharfsichtigkeit und gleichzeitig unglaublich unterhaltsam. Die ›Non-Maigrets‹ sind tiefsinniger und philosophischer als die Romane von Camus und Sartre, aber viel weniger prätentiös.«
John Banville

Bis März 2011 sind
die folgenden Bände erschienen:

Die Verlobung des Monsieur Hire
Roman. Aus dem Französischen von Linde Birk

Tropenkoller
Roman. Deutsch von Annerose Melter

Das Haus am Kanal
Roman. Deutsch von Ursula Vogel

Der Mann aus London
Roman. Deutsch von Stefanie Weiss

Die Selbstmörder
Roman. Deutsch von Linde Birk

Der Untermieter
Roman. Deutsch von Ralph Eue

Der Mörder
Roman. Deutsch von Lothar Baier

Das Testament Donadieu
Roman. Deutsch von Eugen Helmlé

Die Überlebenden der Télémaque
Roman. Deutsch von Hainer Kober

Der Mann, der den Zügen nachsah
Roman. Deutsch von Linde Birk

Der Bananentourist
Roman. Deutsch von Barbara Heller

Die Marie vom Hafen
Roman. Deutsch von Ursula Vogel

Von April bis September 2011
erscheinen folgende Bände:

Zum Weißen Ross
Roman. Deutsch von Trude Fein

Wellenschlag
Roman. Deutsch von Ulrich Hartmann

Der fremde Vetter
Roman. Deutsch von Stefanie Weiss

Fremd im eigenen Haus
Roman. Deutsch von Gerda Scheffel

Der Bürgermeister von Furnes
Roman. Deutsch von Hanns Grössel

Der Outlaw
Roman. Deutsch von Liselotte Julius

Die Witwe Couderc
Roman. Deutsch von Hanns Grössel

Die Wahrheit über Bébé Donge
Roman. Deutsch von Renate Nickel

Ankunft Allerheiligen
Roman. Deutsch von Eugen Helmlé

Der Bericht des Polizisten
Roman. Deutsch von Markus Jakob

Die Flucht des Monsieur Monde
Roman. Deutsch von Barbara Heller

Die Ferien des Monsieur Mahé
Roman. Deutsch von Günter Seib